D1996588

PIGPEN

Art: SICK

Story: Carnby Kim

2

Aus dem Koreanischen von Vivien Neumann

Dieser Band enthält die Kapitel 24–43 des Webtoons »PIGPEN«.

SSSCHWAA
Niemand hat einen blassen Schimmer...
... dass ich hier gestrandet bin.
PFFF
PA HA HA HA

Kapitel 24

Sie scheinen sich aber herrlich zu amüsieren.
!!!
Wollen Sie etwa so früh am Morgen...
... Möwen schießen?

Ganz recht.
Sie sollten bald am Himmel auftauchen.
Der frühe Vogel fängt eine Kugel. So lautet doch ein Sprichwort, nicht wahr?
HAHA
Ha...ha...
ÄHH
SSCH
SSCH
GYAAH
GYAAH
KA
BOOM
PLATSCH

Auf dem Festland sind die Schüsse vermutlich nicht zu hören.
Die Insel ist recht abgelegen, nicht wahr?
...
?!
Das gefällt mir.
Das...
... gefällt Ihnen?

Sie sagten es doch selbst.
Korea hat unzählige unbewohnte Inseln.
SSCHWA
Und niemand...
SSCHWA
... schert sich einen Dreck um sie.
Und dieser Aspekt...
... kommt mir sehr gelegen.
...
FWUSCH
KA
BOOM

Das kann ich nachvollziehen.
FUMM
FUMM
Ja?
Wir alle möchten uns von Zeit zu Zeit zurückziehen...
KLACK
KLACK
... und alles hinter uns lassen.
KATSCHING
ZACK
!
Möchten Sie auch mal schießen?
Das wird Sie auf andere Gedanken bringen.

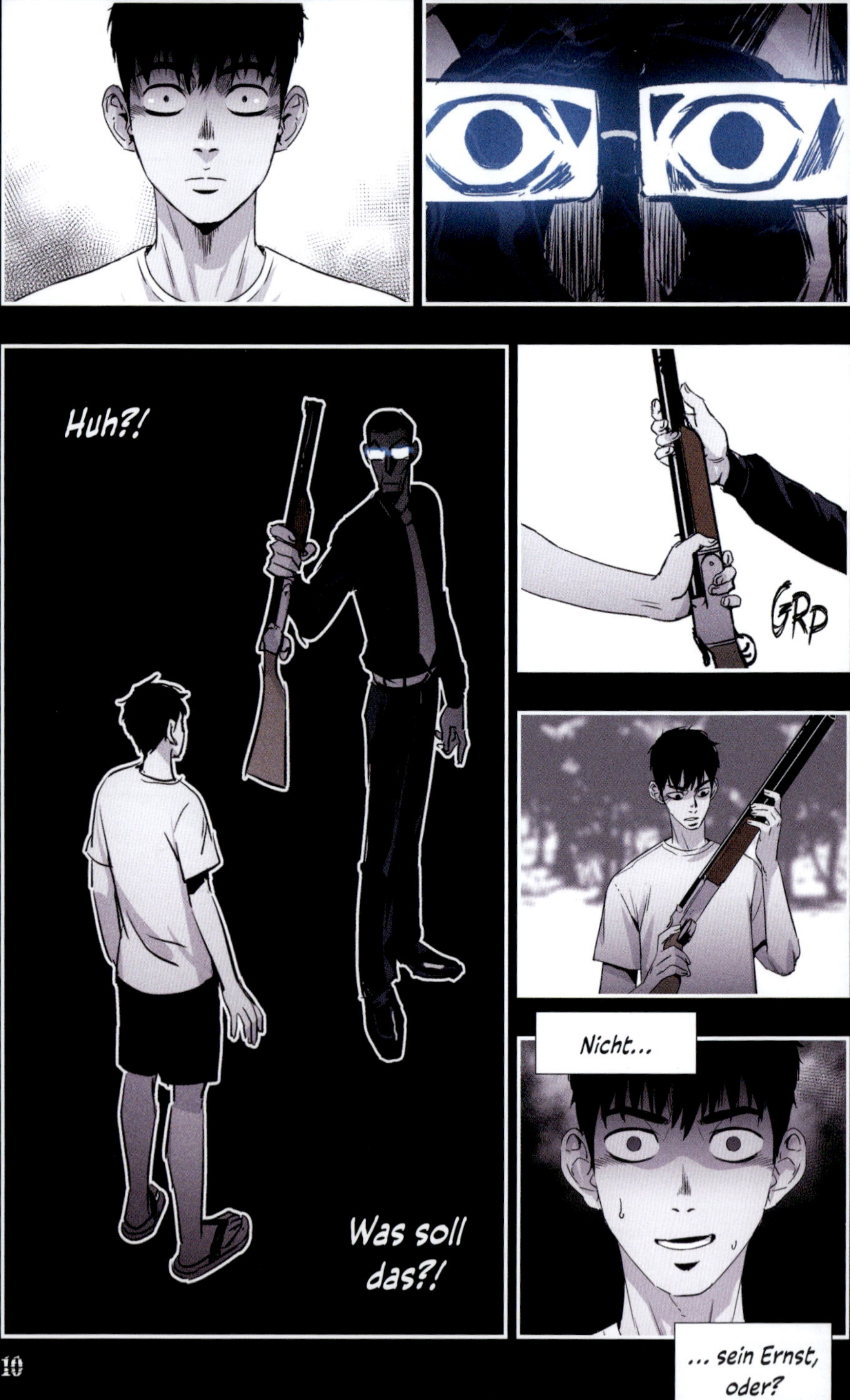
Huh?!
Was soll das?!
GRP
Nicht...
... sein Ernst, oder?

Aber keine Spielchen wie beim letzten Mal.
TACK
...
Hah...
SCHLUCK
Die...
Da... Sehen Sie dort oben...
... sollte kein Problem für Sie sein.

SST
Diese Art Gewehr hat zwei Abzüge.
Wenn Sie beide Abzüge betätigen, schießen Sie auch zwei Kugeln ab.
Sollten Sie nur einen auslösen, löst sich auch nur ein Schuss.
Hinter zwei gleichzeitigen Schüssen steckt natürlich mehr Kraft…
… aber man muss auch den doppelten Rückstoß bedenken. Daher empfehle ich Ihnen, vorerst nur einen Abzug zu drücken.
Konzentrieren Sie sich.
Beobachten Sie die Flugbahn der Möwe genau und dann schießen Sie.
Jetzt!

KA
BOOM
FUMM
Oh...
Oh...

FUMM
Wie schade.
Es war ja mein erstes Mal…
FWAPP
Keine Sorge, man schießt am Anfang immer daneben…
Nun gut…
Dann bleibt…
… noch ein Versuch übrig.
Haha… Richtig.
Eine Kugel habe ich noch.

Da fällt mir ein...
Haben Sie...
... eigentlich für mich gebetet?
Selbstverständlich.
Ich habe gestern Abend dafür gebetet, dass Sie Ihr Gedächtnis zurückerlangen.
Ach, haben Sie das?
Das war wirklich freundlich von Ihnen.
?
Können Sie sich denn schon an etwas erinnern?

Mein Name ist...
... Jinhyeok Song.
Oho.
Jinhyeok Song also... Dann können Sie sich endlich...
Aber sind Sie sich wirklich sicher, dass Sie gebetet haben?

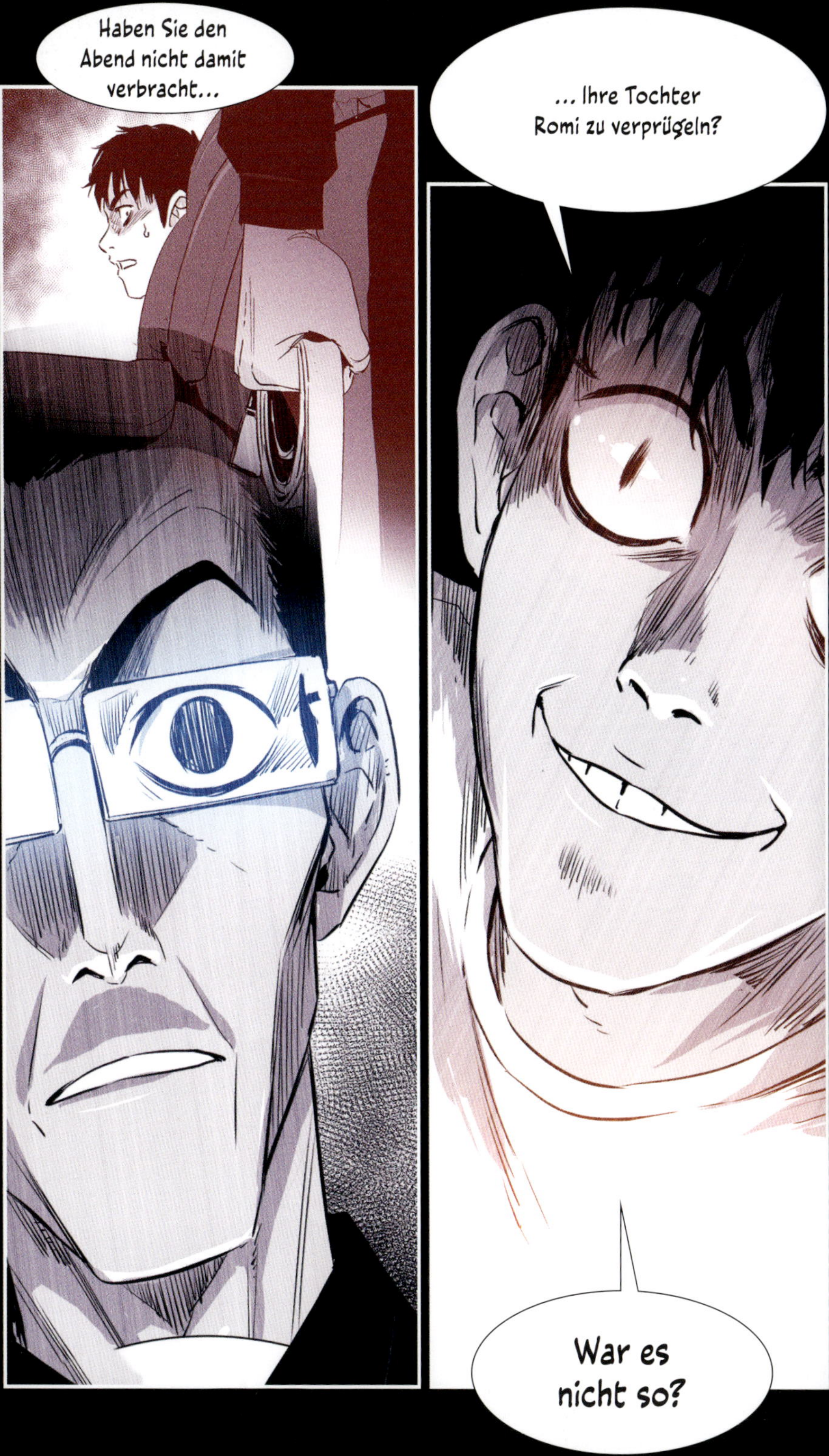
Haben Sie den Abend nicht damit verbracht...
... Ihre Tochter Romi zu verprügeln?
War es nicht so?

KABOOM

PLATSCH
SSCH
SSCH
Tsk.
Wieso überlässt du Spinner mir auch das Gewehr?

GLUCK
Wegen deiner Leichtsinnigkeit…
… war es schon fast zu einfach.

KLACK
TACK
TACK
QUALM
Ah... Die Kugeln...
Ich hätte sie ihm vorher abnehmen sollen...
SSCH
KATSCHING
Egal.

FWUSCH
PLATSCH
Mit Gewehren zu töten...
... ist sowieso öde.
KLATSCH
KLATSCH

KKCH
Und so ist der Vater im Paradies gelandet...
KKCH
Als nächstes...
... die Mutter?
POCK
Außer dass sie mich dauernd anstarrt, ist sie mir ziemlich egal. Also ist sie vorerst nicht meine Priorität.
POCK
Die kleine Göre wiederum...

... geht mir am meisten auf die Nerven...
Den Spaß spare ich mir aber für das Ende auf.
Ich freue mich schon zu sehen...
... wie das Gesicht dieses kleinen Teufels...
... sich vor Angst verzerrt!
Minu.
Dieser Bastard...

Bei ihm...
GYAAH
... muss ich definitiv achtsam vorgehen.
...
SSCHWA
SSCH
SSCH
Romi...
Diese Mistkuh ist die schlimmste von allen.
Oh, und dank dir...
... hatte ich einen ganz schön erfrischenden Trip.

Pestizid
Geuramukson
16.9 FL OZ
Du dreckige…
Schlampe!!!
Schlampe!!!
Schlampe!!!
KKCH
… Schlampe!
Schlampe!!!
FWUSCH
FWUSCH
Schlampe!!!
KKCH
KKCH
Schlam-
pe!!!
KKCH
KKCH
Schlampe!!!

Schlampe!!!
KKCH
KKCH
TACK
Hah...
Huu...
Huu...
HAH
HUU
HAH

HAH
Huch...
Da habe ich wohl etwas die Beherr-schung verloren...
GYAAH
SSCH
SSCHWA

Dann hätten wir noch den Junkie...
Er ist auch ein richtiger Dreckskerl...
Weil er eine Flinte bei sich trägt...
... sollte ich ihn...
... wohl als Nächstes beseitigen.

Ja, so mache ich das!
FUPP
Aber...
SSCHWA
... wo pennt und wohnt dieser Typ eigentlich?
KNURR
...
BAMM
BAMM
QUIECK

Oh...
Ja, bitte?
Es ist wohl etwas dreist von mir...
... aber könnte ich bei Ihnen früh-stücken?
Ach, darum geht es!
Aber natürlich!

KLACK
Es war wirklich schade, dass Sie gestern nicht mit uns zu Abend gegessen haben.
Geht es Ihnen denn schon etwas besser?
Ja, vielen Dank.
Sie haben gestern alle gemeinsam gegessen?
Das haben wir.
Ich mache nicht oft gedämpften Fisch, aber diesmal hat es ausnahmslos allen sehr gemundet.

War der Herr des Hauses auch zugegen?
Selbstverständlich!
...
Diese Schlange...
... ist wohl auch eine Lügnerin wie der Rest.
Sollte ich sie...
... vielleicht doch jetzt schon beseitigen?

Würden Sie mir einen Gefallen tun? Könnten Sie schon einmal den Tisch decken?
Ich sollte nichts überstürzen...
TACK
Dank Ihrer Hilfe gingen mir die Vorbereitungen für das Frühstück viel leichter von der Hand.
Nun setzen Sie sich doch gerne.

Okay... Ich stelle nur das hier noch an seinen Platz...
... und dann werde ich auch essen.

Romi...
Was ist mit deinem Gesicht?
!
Ich bin auf der Treppe aus-gerutscht.
Ist halb so wild.
Aber was sagst du da?! Das sieht nicht danach aus, als wärst du von der Treppe gefallen!
Zeig mal her!

Na komm schon!
Es ist wirklich keine große Sache.
Ach ja?
TUCK
Oh?!
SPLAT
SPLAT
Huch?
S...Sorry, Romi! Tut mir echt leid!
Ist schon gut...
Das war ja keine Absicht.
Dein Frühstück ist nun voller Saft!
Iss doch bitte meins stattdessen.

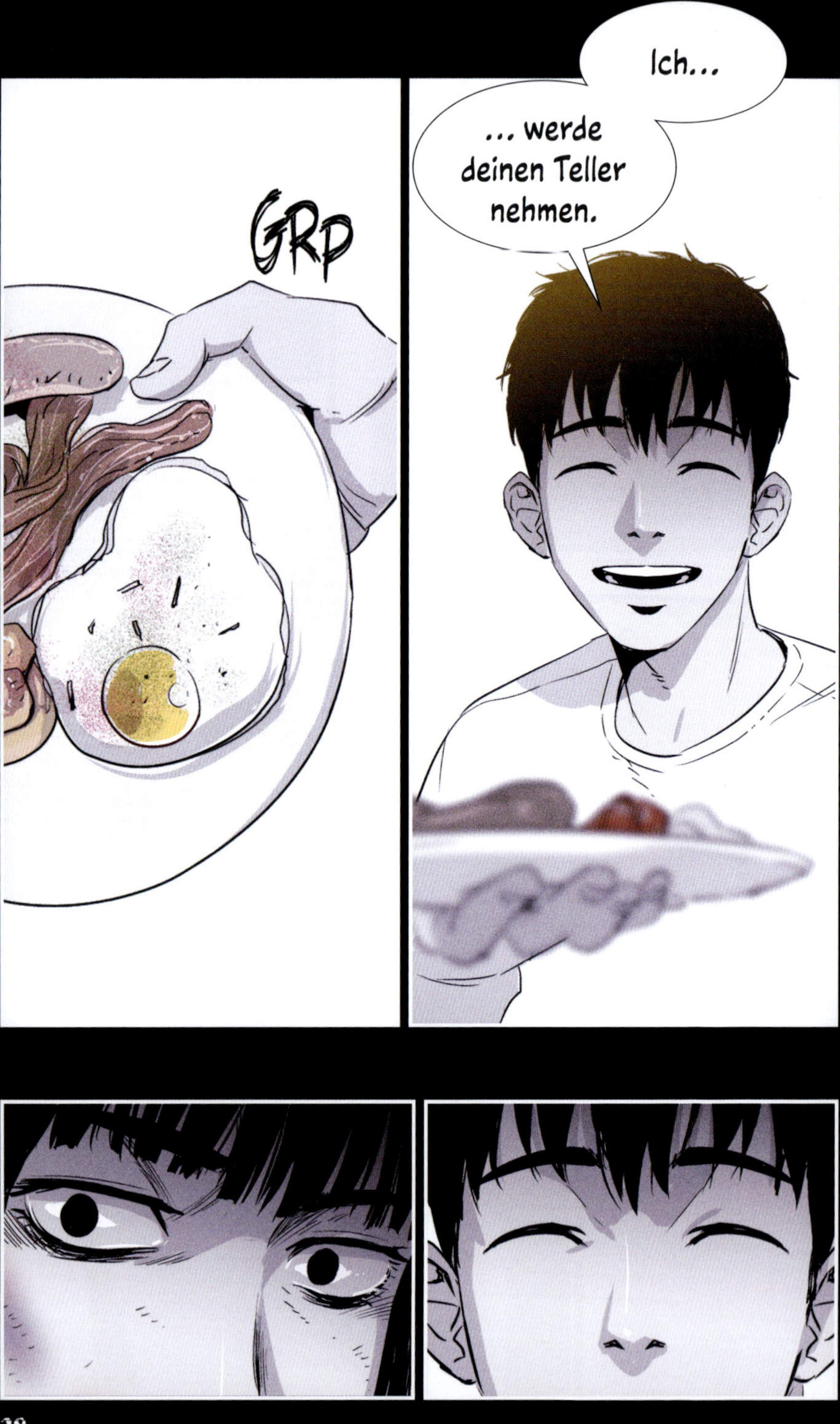
GRP
Ich...
... werde deinen Teller nehmen.

Ich...
... werde deinen Teller nehmen.
Okay.
Danke dir.
Ach, das ist doch selbstverständlich.
TUCK
Aber...
... ich kann Ihnen auch einen neuen Teller bringen.
Nein, das ist schon in Ordnung.
Ich möchte wirklich keine weiteren Umstände bereiten.

Hmm...
KLATTER
KLANG
NOM
Sie isst es wirklich?
Haben sie mir heute keine Drogen ins Essen getan?
MAMPF
MAMPF
BANG

Wo ist eigentlich Papa?
...
MAMPF
MAMPF
Er macht wohl noch seine Schieß-übungen.
Aber ich höre schon lange keine Schüsse mehr.

...
Er wird bald zurück sein.
Na los, Kinder, esst euer Früh-stück auf.
...
ZÖGER
MAMPF
MAMPF
Was ist, wenn er tot ist?

Hey, was redest du schon wieder für einen Unsinn?
War doch bloß ein Scherz.
Darüber macht man doch keine Witze!
Schon gut.
Tut mir leid…
Minu…
Geh doch bitte zum Strand und hol deinen Vater her.
!
ROMM
SRT
SRT
STOPP

?!
Was denn?

QUIECK
BAMM
Was zum...?!
Dieser Bastard...
Kapitel 26
Hat es Ihnen geschmeckt?
SCHRUBB
SCHRUBB
Ja, es war mal wieder wirklich köstlich.
Sie haben sich selbst übertroffen.
Sie haben eine Teriyaki-Soße verwendet, oder? Die hat nicht wie die gekauften Soßen geschmeckt, sondern selbst gemacht...
KLATTER
KLIRR
Du meine Güte... Sie kennen sich aber gut aus.

Ich bin halt ein kleiner Fein-schmecker.
Wieso hat der Schwachkopf mich vorhin so angesehen?
Hey, werter Herr?

Kannst du aufhören...
Haa...
... mich so zu bezeichnen und mich lieber einfach beim Namen nennen?
Werter Herr...
... was macht eigentlich meine Kommode?
Ah, also...
Ich bin fast fertig damit.
Willst du sie sehen?
Du könntest mit mir zum Baumhaus kommen.
Dort kann ich sie dir zeigen.
Später vielleicht.
Wo gehst du denn hin?
Ich gehe ein Schweinchen aus-suchen.

Oh...
Zur Schlachtung?
Willst du zugucken?
Oder ist so ein Anblick zu grausam für dich?

GRUNZ
GRUNZ
GRUNZ
GRUNZ
Die Schweine sind also in diesem Schuppen?
QUIECK
Jiep.
Hmm...
Kannst du das Bolzenschussgerät mitnehmen?
Bolzen-schussge-rät?
Wenn du das Ventil öffnest und... Boom... auf die Stirn des Schweinchens schießt...
... stirbt es ohne jegliche Schmerzen. Grunz!
Ah!
So etwas habe ich schon einmal in einem Film gesehen!
Ach ja?
Ich gucke selten Filme oder Fernsehen.
In dem Film hat ein Mörder hiermit einen Menschen um-gebracht.

Klingt spannend.
So... Dann werde ich dich mal vorstellen.
Das sind unsere Schweinchen!
GRUNZ
GRUNZ
GRUNZ
GRUNZ
Äh? Ähh?!
Aaah...
?
Was hast du denn auf einmal?

Aaeeiih!
Huaaargh!!!
TAPP
TAPP
TAPP
Hä? Wo läufst du denn hin? Lass das hier!
Wieso bringen dich ein paar Schweine so aus der Fassung?
Hah... Hah...
Hah...

RRROOMM
KLOOONCK
WUSCH

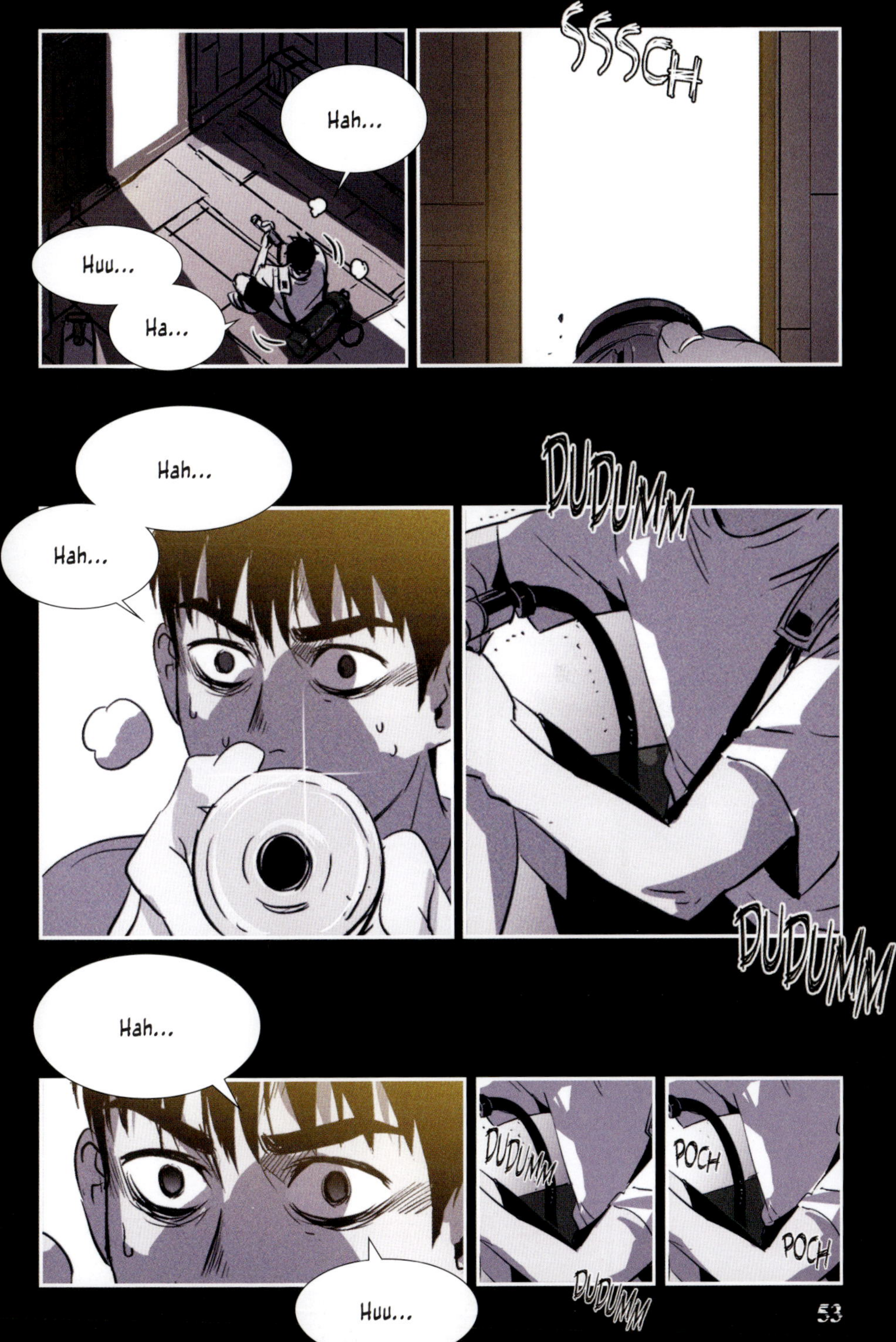
Hah...
Huu...
Ha...
SSSCH
Hah...
Hah...
DUDUMM
DUDUMM
Hah...
DUDUMM
POCH
POCH
DUDUMM
Huu...

KLONG
Verflucht... Was war das?
Halluziniere ich etwa immer noch wegen der Drogen?
HAH
Papa ist weg.
Ich habe überall gesucht, aber ich kann ihn nicht finden.
SRT
Oh... Du?!
Was hast du hier zu...

KNARZ
KNARZ
Ich kann es...
... an dir riechen.
Was?
Minu...
Geh doch bitte zum Stand und hol deinen Vater her.
!

ROMM
SRT
SRT
STOPP
Jetzt riechst du auch danach...
KNARZ

GRP
Nach Schießpulver.

Jetzt riechst du auch danach...
GRP

Nach Schießpulver.
SST
Willst du damit sagen...
... dass ich deinen Vater auf dem Gewissen habe?
Ja.
Du hast ihn getötet.
FUMM
Zurück!
KA
TSCHING
Noch einen Schritt weiter und ich puste dir die Rübe weg!

Du hast...
... das Ventil nicht ge-öffnet.
!!!
KLIING
GROOMP

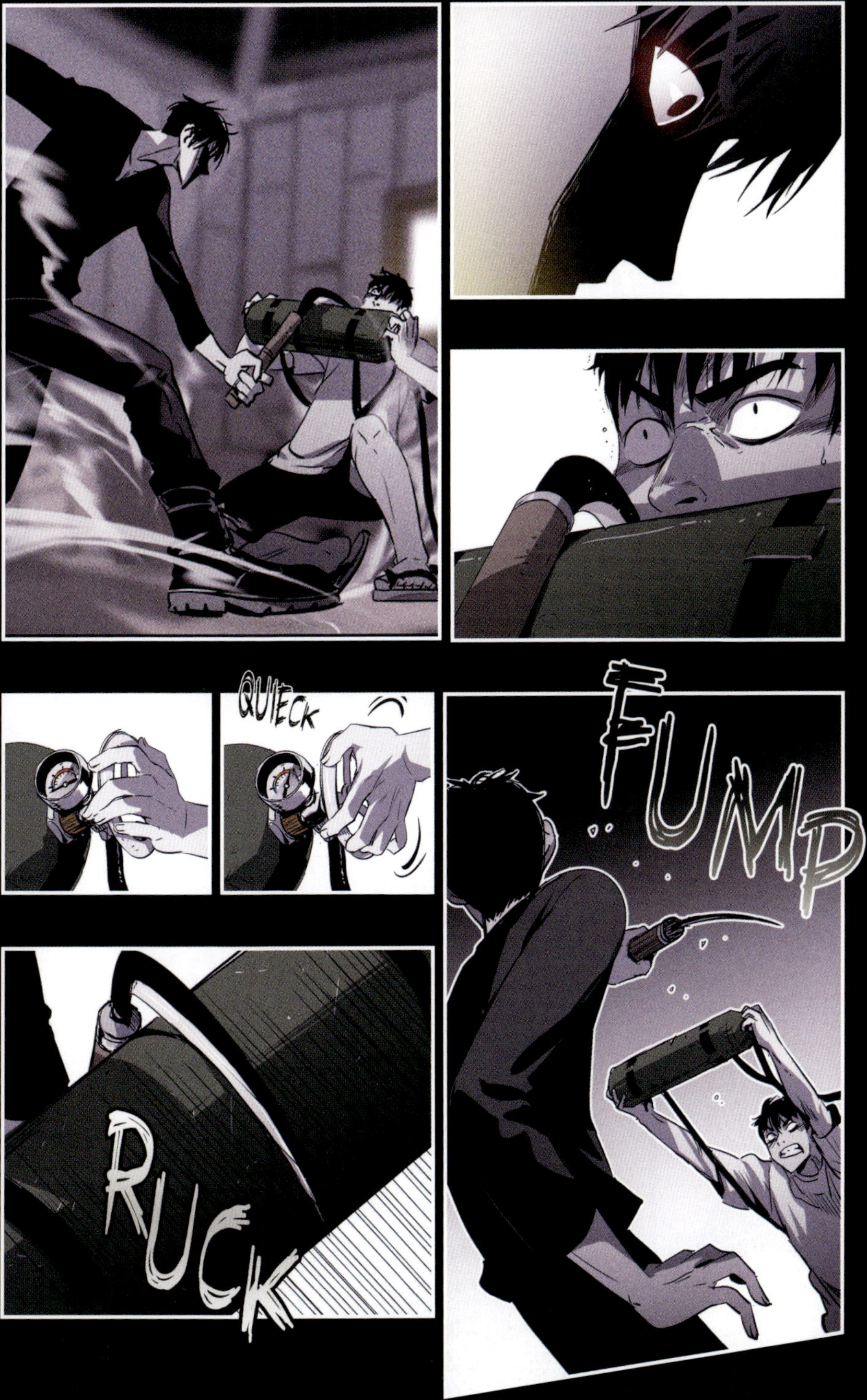
QUIECK
FUMP
RUCK

GRO
OMP
Was zum Teufel soll das?!
Du gottverdammter Spinner!
Hast du irgendwelche Beweise, dass ich das getan habe?!
Hast du in Wirklichkeit nicht eine Heidenangst vor ihm?
Du hast…
… ihn getötet.
Du musst deinen Vater wohl sehr lieben.
Dabei hast du doch so gezittert am Esstisch…

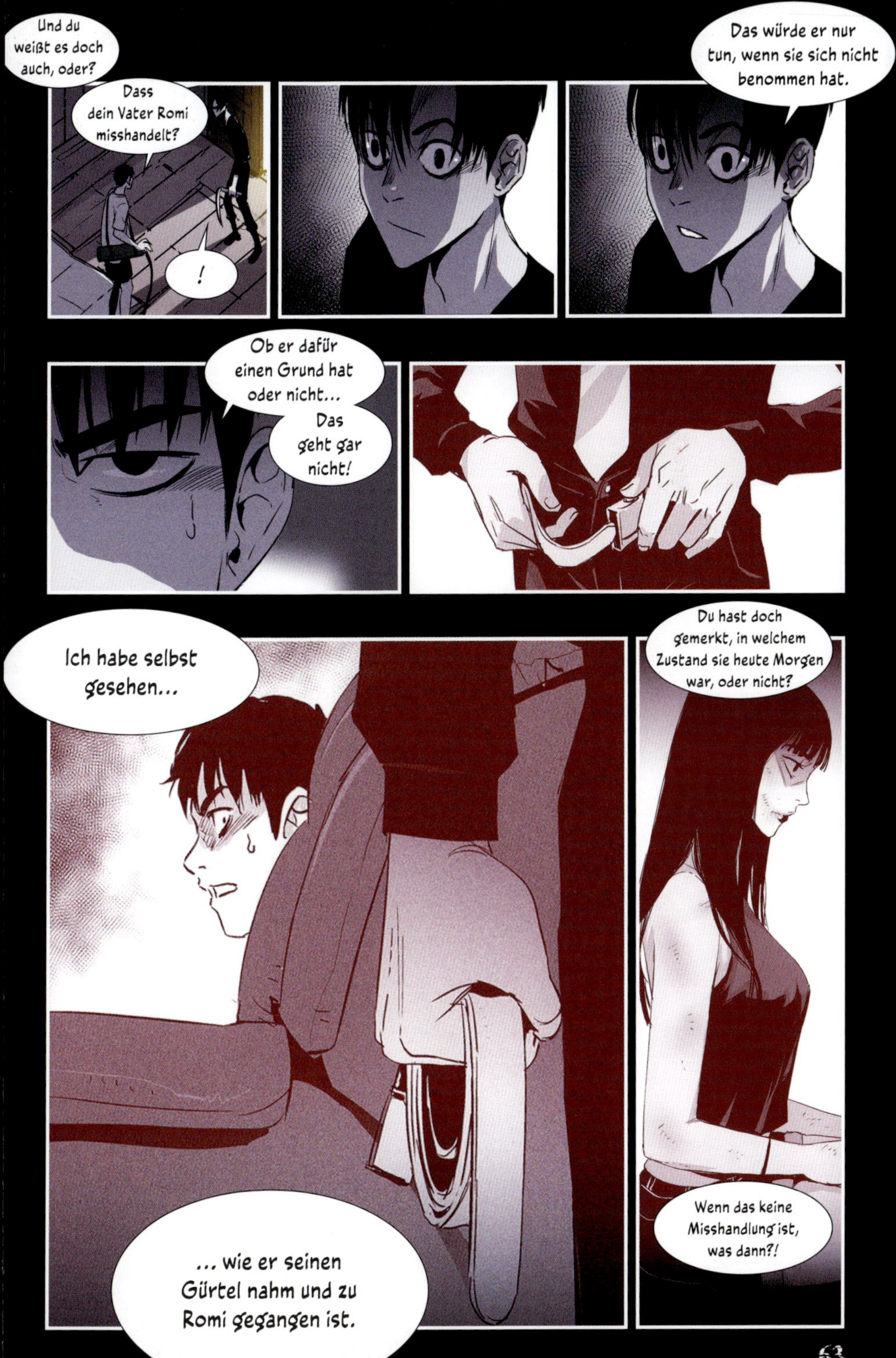
Und du weißt es doch auch, oder?
Dass dein Vater Romi misshandelt?
!
Das würde er nur tun, wenn sie sich nicht benommen hat.
Ob er dafür einen Grund hat oder nicht...
Das geht gar nicht!
Ich habe selbst gesehen...
... wie er seinen Gürtel nahm und zu Romi gegangen ist.
Du hast doch gemerkt, in welchem Zustand sie heute Morgen war, oder nicht?
Wenn das keine Misshandlung ist, was dann?!

Hast du...
... ihn deshalb getötet?
Nein, so etwas habe ich nicht getan!
Das mit dem Schießpulver-Geruch ist ein Missverständnis.
Ich habe deinen Vater heute bei seinen Übungen getroffen.
Da ist der Geruch wohl einfach an mir hängen geblieben.
Lüge...
Du bist ein Lügner.
Dafür töte ich dich.

Alter...
Du hast vielleicht Nerven...
Ganz schön großkotzig von dir, mich einen Lügner zu nennen...
... wenn du selbst einer bist.
!
Ich weiß alles.
Ich weiß, was aus dem Paar geworden ist, das letztens auf diese Insel gekommen ist.
Dabei habt ihr die ganze Zeit über versucht, mir weiszu-machen...
... dass gar keine neuen Gäste außer mir ange-kommen sind.
Aber ich habe ihre blutverschmierte Kleidung mit eigenen Augen gesehen!

Es war für euch als Gruppe wohl ein Leichtes, mich zum Verrückten zu erklären, nicht wahr?
...
Wie konntest du das sehen?
Was soll die Frage?
Ich habe dich in der Nacht mit Lebensmitteln für ein Barbecue rumlaufen sehen.
Da bin ich dir...
... bis zur alten Scheune gefolgt.
Und in genau dieser Scheune fand ich die Kleidung des Pärchens.
Ich war echt dumm...
...
... dass ich die ganze Zeit Leute gesucht habe, die längst tot waren.
Warum du Sachen für ein Barbecue mitgenommen hast, ist mir echt ein Rätsel...
... aber zumindest habe ich durch dich Klarheit bekommen.

Und zwar, dass ihr alle Mörder seid.
Ich habe deinem Vater kein Haar gekrümmt, Minu.
Als würde ich es mit einem Mörder aufnehmen wollen.
Da ich von dieser Insel ohnehin nicht so einfach verschwinden kann...
... möchte ich mich wie Taehui...
... nur als nützlich erweisen.
Alles, was ich will, ist am Leben zu bleiben.
Ich will schließlich nicht getötet und gegessen werden.
Wir...
... essen keine Menschen.

Na, dann...
Was für ein Glück.
...
Du bist ganz schön furchtlos heute.
Uns einfach als Mörder zu bezeichnen...
Ihr seid auch nicht wirklich gut darin, es zu verbergen...
Okay.
Danke, dass du mir glaubst.

Mir gefällt aber deine Art nicht.
Pass auf, wie du mit den anderen sprichst.
Vor allem Mutter hasst es...
... wenn man unhöflich ist.
Ich dachte, dass sie...
... das kleinste Problem ist, aber da habe ich mich wohl geirrt.
Natürlich...
Warte kurz...
?!
Ich möchte dir dabei hel-fen...
... deinen Vater zu finden.
Gut.

FIEP
FIEP
KNARZ
KNARZ
Hey, eine Sache noch...
?!
Wonach entscheidet ihr, ob ihr jemanden umbringt oder nicht?
Also ich meine, Taehui habt ihr wohl verschont...
Aber wenn ihr das Paar direkt nach seiner Ankunft umgebracht habt...
... wieso habt ihr mich bis jetzt am Leben gelassen?
... weil deine Mutter ein Fan von ihm war.
Das...
... entscheide nicht ich.
Daher hatte ich auch...
... die Lebensmittel vorbeigebracht.
Du wusstest also gar nicht, dass sie schon tot waren?
Genau.
Aber wenn du dich verdächtig benimmst, töte ich dich trotzdem.

Oh, alles klar...
Da bin ich mir sicher...
KNARZ
KNARZ
TAPP
Minu?
?
Was denn?
Wie merkwürdig.

Du dachtest...
Das stimmt.
... dass wir
Menschen essen.
Aber das
tut ihr nicht,
oder?
GUCK
Wieso hast
du dann...
... heute mit uns
zusammen...

... Frühstück...
... gegessen?

Wieso hast du dann...
... heute mit uns zusammen...
... Früh-stück...
... gegessen
?!
Ach, du kleiner Bastard...
... Du bist wohl klüger...
... als ich dachte.

TAPP
Um ehrlich zu sein…
Ich habe euch…
… einfach vermisst.
KLICK

BOOM
PLÄTSCHER
FLAPAPP
TICK
TICK
TICK

FLAPP
Überraschen-
derweise...
... konnte ich
mich meines größten
Problems mühelos
entledigen.

PLATSCH
BLUBB
BLUB

Es war ganz schön anstrengend...
... die beiden Leichen verschwinden zu lassen.
FWUSCH
PLATSCH
SSCHWA

Wenn ich jetzt noch den Junkie loswerde...
HAHAHAHA
... bleiben nur noch die schwachen Weiber übrig...

So... Dann werde ich dich mal vorstellen.
Das sind unsere Schweinchen!
GRUNZ
GRUNZ
GRUNZ!
GRUNZ
Äh? Äh?!
Aaah...
?!
Was ist?
GRUNZ
GRUNZ
GRUNZ
GRUNZ
Was hast du denn auf einmal?

GRUNZ
GRUNZ
GRUNZ
Aaeeiiih!
GRUNZ
GRUNZ
War das etwa...
... mein Schuldbewusstsein?
SSCHWA
Habe ich überhaupt...
... so etwas wie ein Gewissen?

RASCHEL
RASCHEL
RASCHEL
RASCHEL
Oh?!
Die ist aber groß. Juhu!
GROMP
BZZ
Oh.
RASCHEL
RASCHEL
Was sollte das?!
Deinetwegen ist sie weggeflogen!!!
...

Sorry.
Ich wollte dir nur das hier zurückgeben.
Was sollte der Aufstand überhaupt?
Hast du eine Schweinephobie oder so?
Würde ich es dir sagen, würdest du es sowieso nicht glauben.
Aha.
Deinetwegen konnte ich heute nicht schlachten.
Mama wird deshalb ganz sauer sein. Und wem habe ich das zu verdanken?!
Die Wespe eben war eine Art, die ich hier noch nie gesehen habe, und nun ist sie futsch.
Und wer hat mir das wieder eingebrockt?!
…
Eine Nervensäge wie eh und je…
Vielleicht sollte ich…
Hörst du mir zu?
Äh? Ja, also…
Mir ist gerade etwas eingefallen, was ich dich fragen wollte.
… Taehui, richtig?
Wo wohnt der eigentlich?
Dieser Mann, der für euch arbeitet…

Keiner weiß...
Onkel Taehui?
Woher soll ich das wissen?
... wo der schläft.
Was?
SSSCH
...

Soll das...
Er arbeitet doch für euch, oder nicht?
Ja, das tut er. Wieso fragst du?
Wie kann man dann nicht wissen, wo er wohnt?
... wieder ein Scherz ein?
Ich weiß halt nicht viel über Onkel Taehui.
Er ist einfach irgendwann plötzlich hier aufgetaucht.
Und wann war dieses »irgend-wann«?
Also wenn ich so darüber nachdenke...
BEB
BEB

Wann war das nur?
Willst du mich für dumm verkaufen?
Was?
QUIECK

Hör auf, so verdammt nervtö-tend zu sein...
... du miese Göre.
Du hast ihn umgebracht, oder?
Meinen Papa.
WHOOOOM
SPLAT
!!!
KLEBRIG

Honig?
FWU
SCH
Was war das?
POCK
BZZZZ
BZZ
Arg!
Hey, was zum...?!
Die stechen!
Wieso drehen die Viecher so durch?
BZZZ
BZZ BZZ
HUSCH
BZZZ
BZZZ
BZZ

Agh! Das tut weh!!!
BZZZZ
BZZZ
BZZZZ
Hieeeek!!!
Mama!!! Minu!!!
Romi!!! Helft miiiiir!!!
Dich lege ich um...
... du Rotzgöre!

Du...
Aeeiihh!
HUSCH

RASCHEL
RASCHEL

Verdammte Scheiße...
FWUMM

GROMP
WUSCH
RASCHEL
RASCHEL
GRP
HAH
HAH

Was ist das für ein Schuppen?
SRT

QUIECK
...
Das scheint die Unterkunft...
... von dem Junkie zu sein.
!!!
Die Flinte...
... ist weg?

FWUSCH
Der Typ...
... muss sie mitgenommen haben!
KNARZ

WHACK
Oh?

Kapitel 29

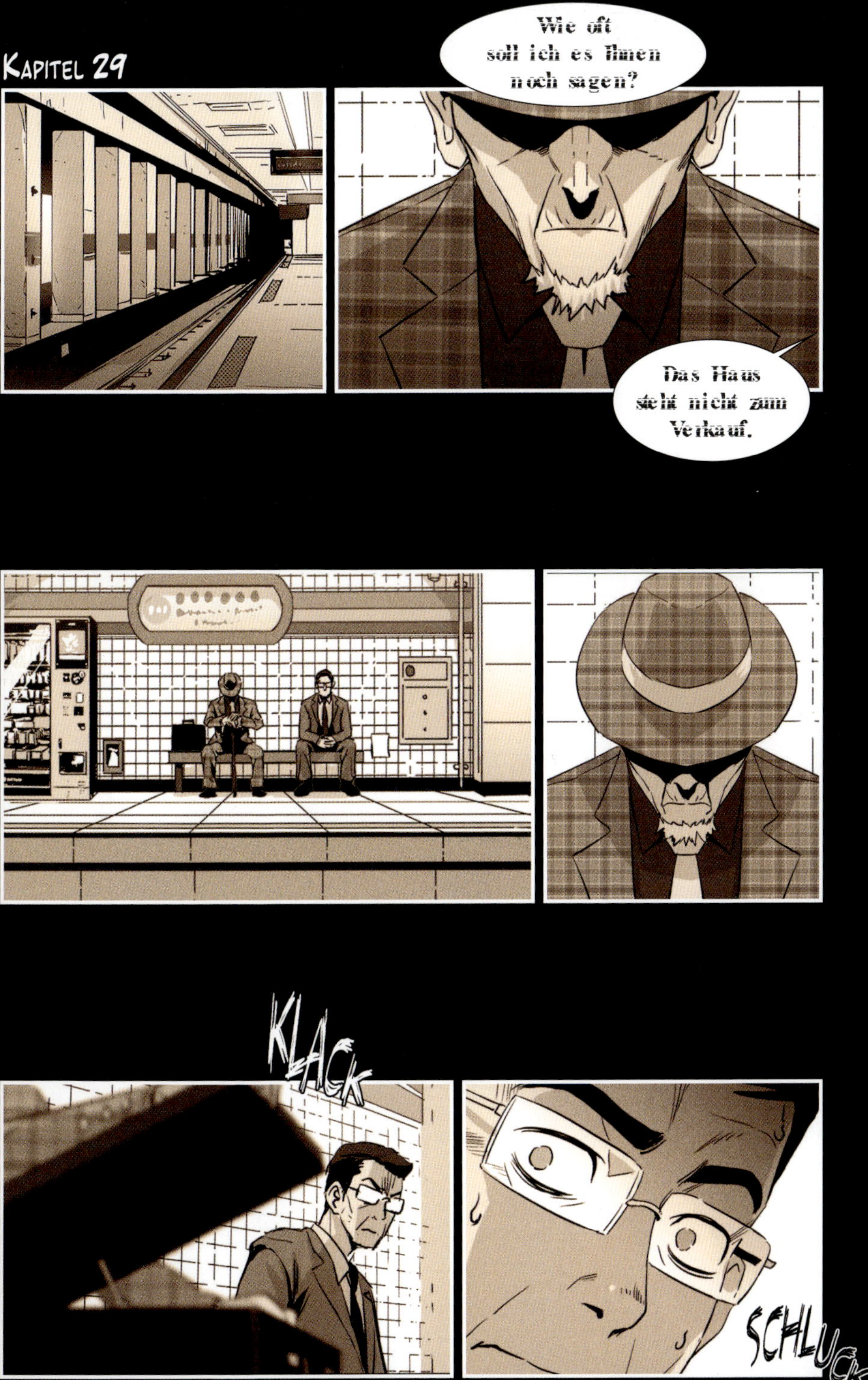
Wie oft soll ich es Ihnen noch sagen?
Das Haus steht nicht zum Verkauf.
KLACK
SCHLUCK

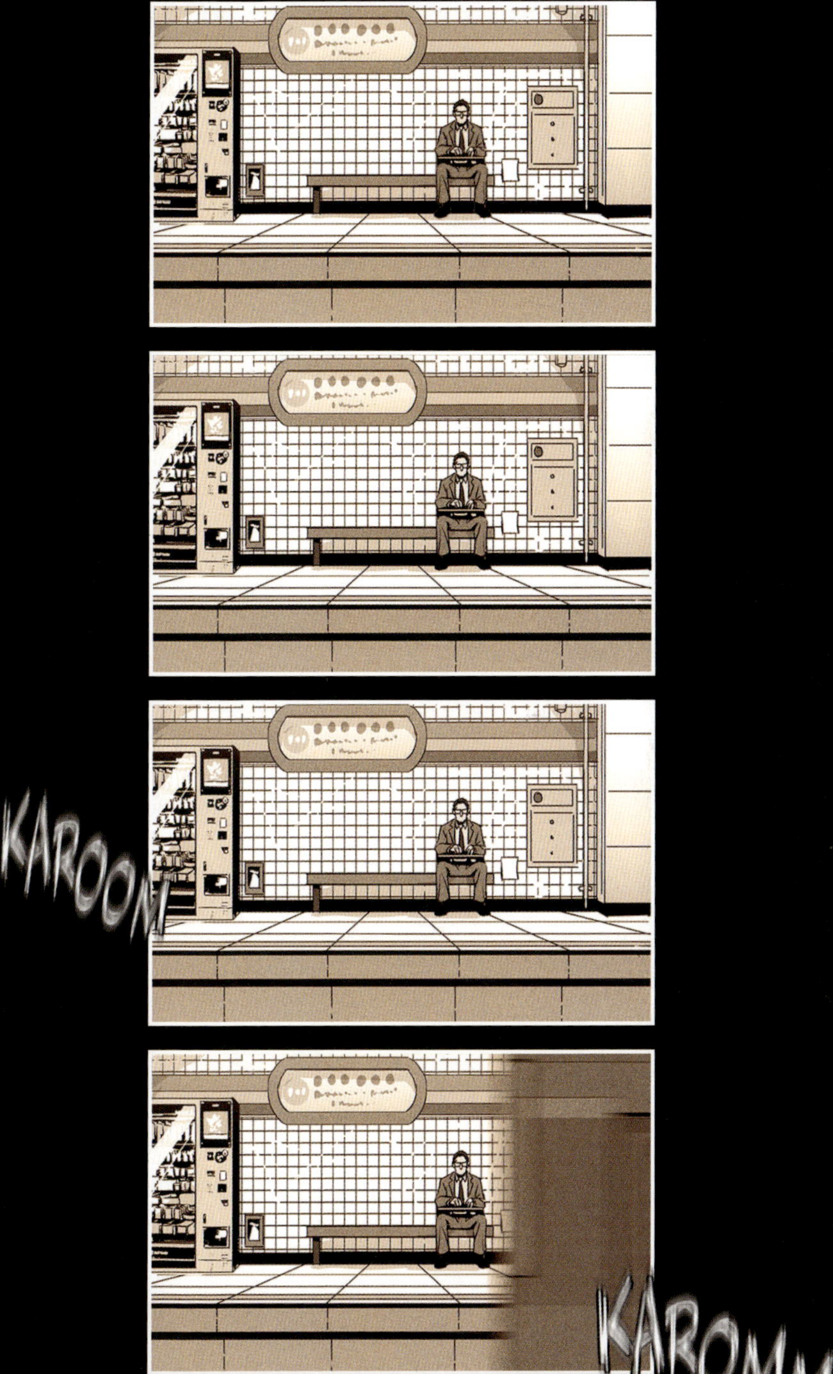
KAROOM
KAROM

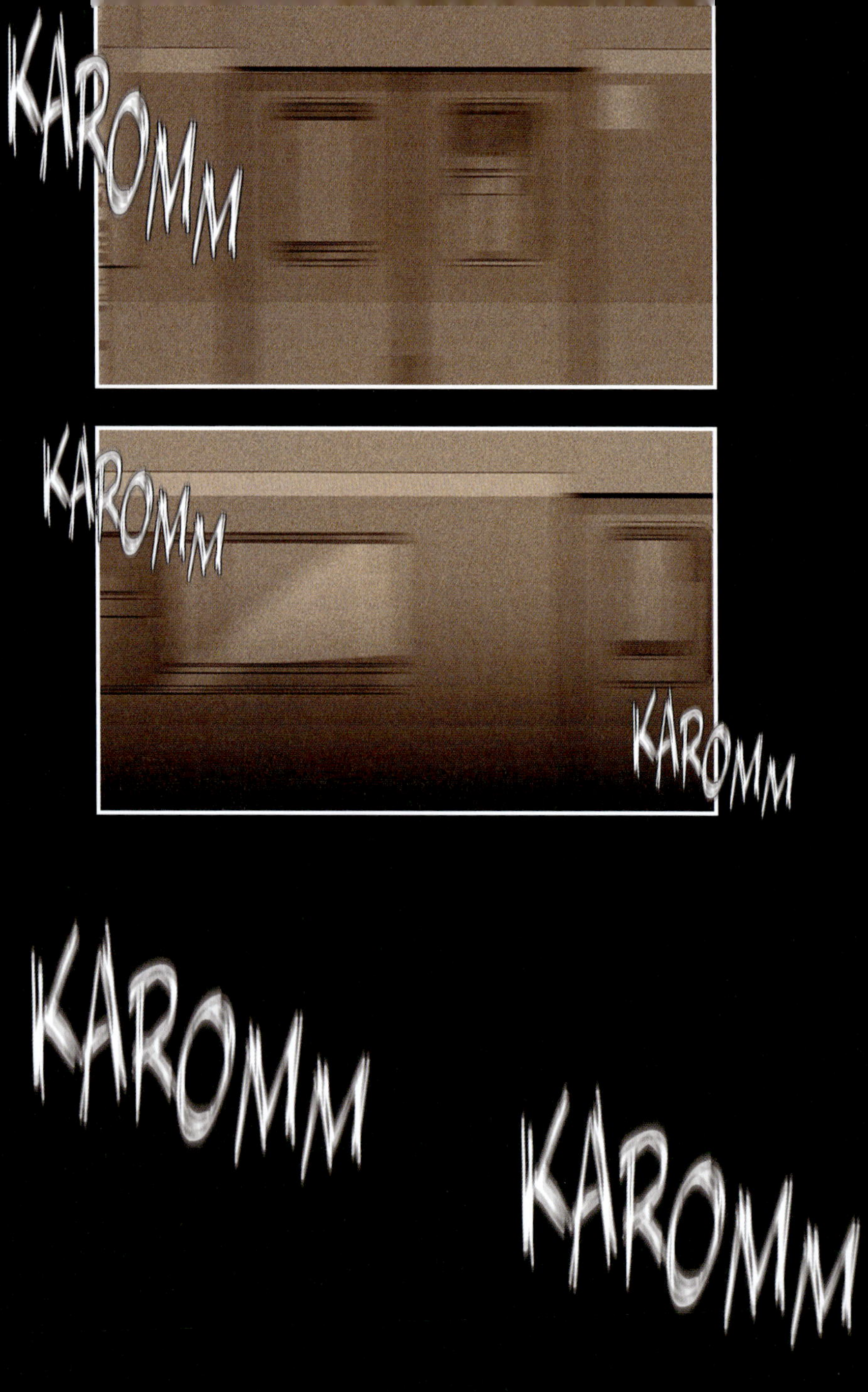
KAROMM
KAROMM
KAROMM
KAROMM
KAROMM

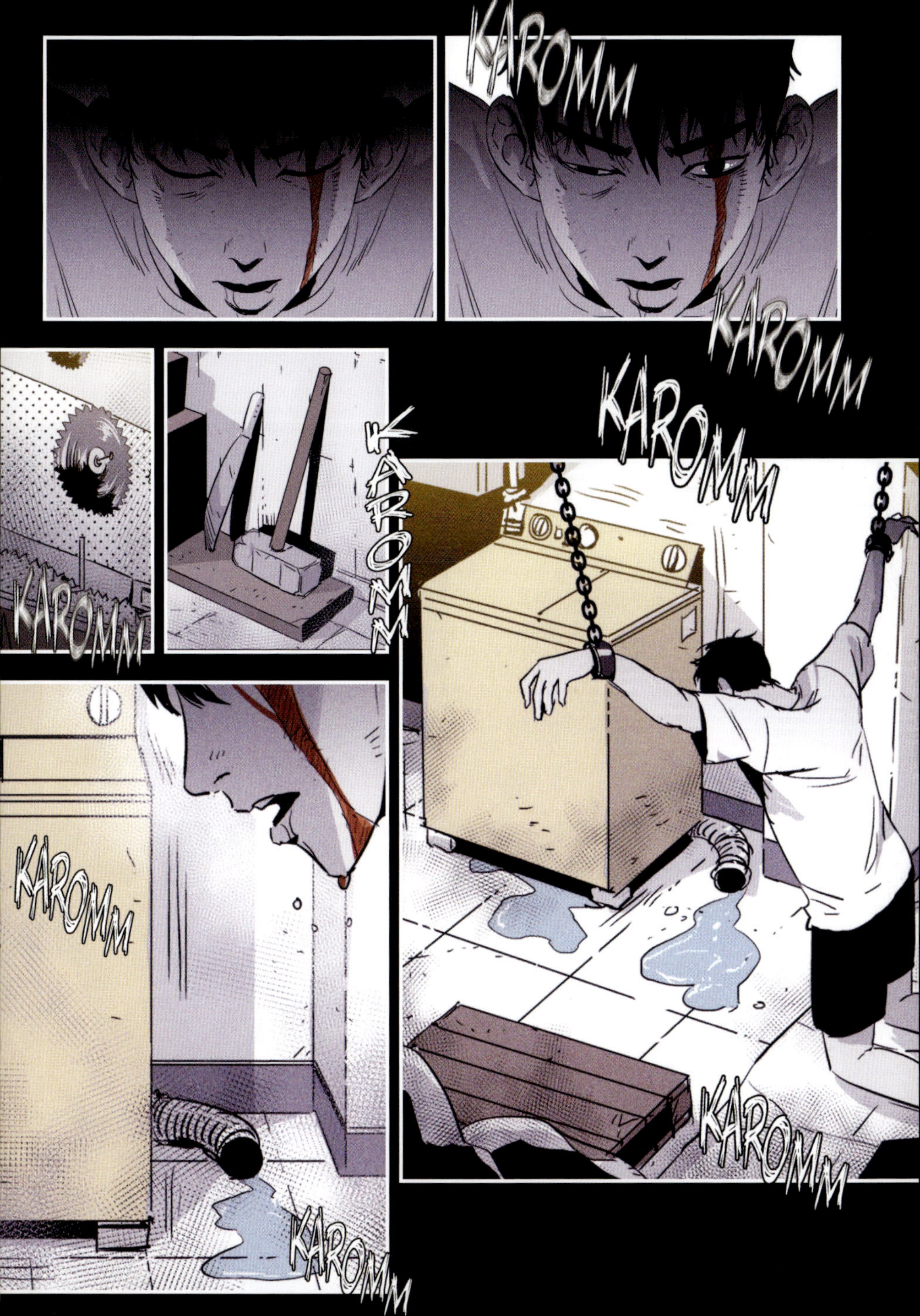
KAROMM
KAROMM
KAROMM
KAROMM
KAROMM
KAROMM
KAROMM
KAROMM

Du bist wach?
!!!
Du musst hungrig sein.
Iss.
Ihr solltet es schnell erledigen...
Wann bringt ihr mich um?
Denn wenn nicht...
... werde ich euch zuerst...
FUMP
Schnauze!
Urgs... Ugh!
Nngh!!!

Und rein geht das Futter!
KAROMM
Nngh!!!
Urgs...
KAROMM
Uurgh!
SSSCH
SSSCH
Na, Mütter-chen?
Ich lebe also immer noch.

Vorerst.
Lasst mich doch einfach frei.
Ihr seid Mörder...
... und ich bin auch einer.
Das macht uns doch...
... zu Kollegen, oder nicht?
Haben Sie Ihr Gedächtnis zurück?
Ich kann mich nicht an alles erinnern, aber an das meiste...
Wie ist Ihr Name?

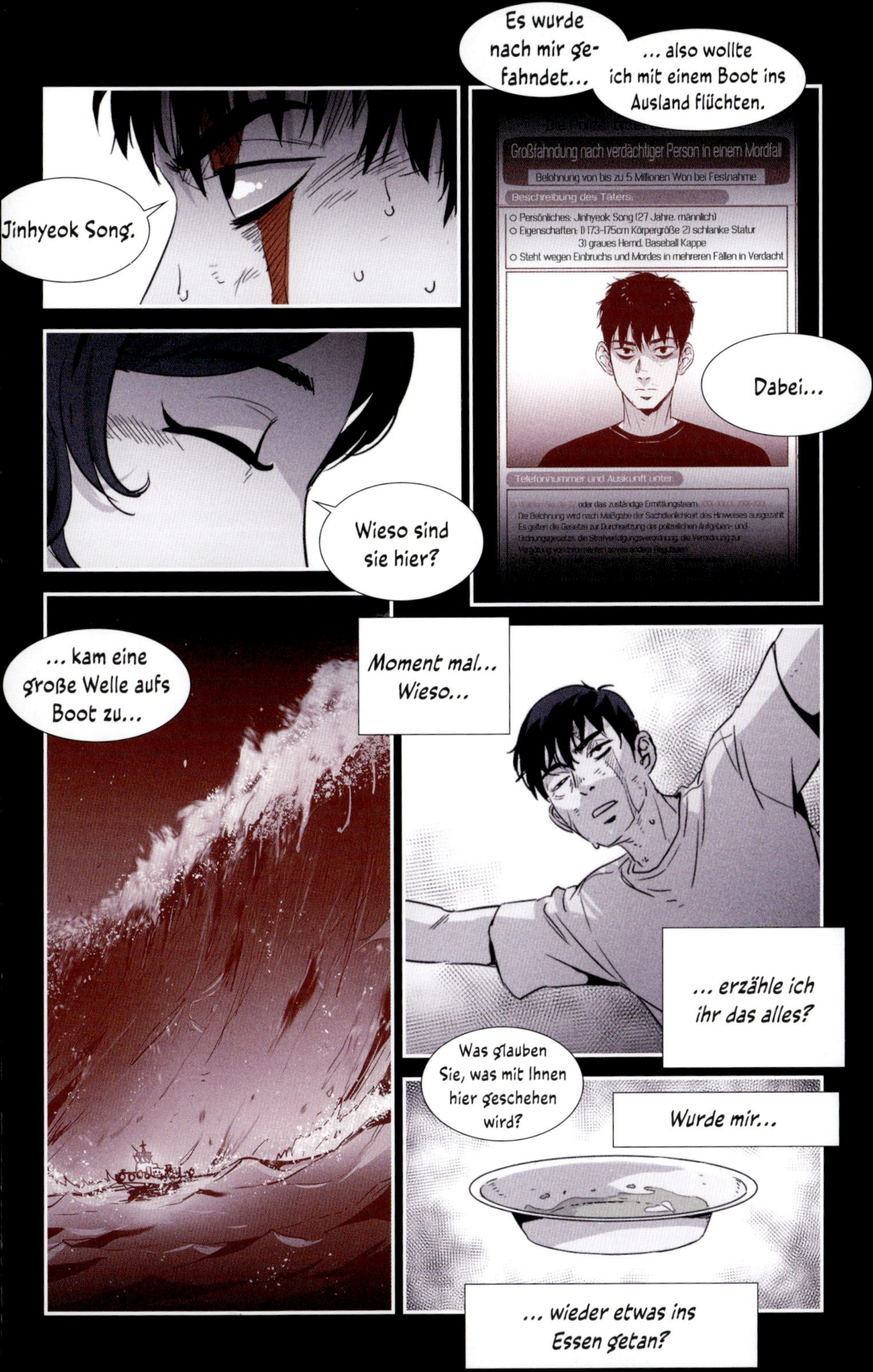

Jinhyeok Song.
Es wurde nach mir gefahndet...
... also wollte ich mit einem Boot ins Ausland flüchten.
Großfahndung nach verdächtiger Person in einem Mordfall
Belohnung von bis zu 5 Millionen Won bei Festnahme
Beschreibung des Täters:
○ Persönliches: Jinhyeok Song (27 Jahre, männlich)
○ Eigenschaften: 1) 173-175cm Körpergröße 2) schlanke Statur 3) graues Hemd, Baseball Kappe
○ Steht wegen Einbruchs und Mordes in mehreren Fällen in Verdacht
Telefonnummer und Auskunft unter:
oder das zuständige Ermittlungsteam
Die Belohnung wird nach Maßgabe der Sachdienlichkeit des Hinweises ausgezahlt
Es gelten die Gesetze zur Durchsetzung der polizeilichen Aufgaben- und
Dabei...
Wieso sind sie hier?
... kam eine große Welle aufs Boot zu...
Moment mal... Wieso...
... erzähle ich ihr das alles?
Was glauben Sie, was mit Ihnen hier geschehen wird?
Wurde mir...
... wieder etwas ins Essen getan?

Denken Sie, dass wir Sie umbringen werden?
Wenn, dann tun Sie es bitte kurz und schmerzlos.
Wieso sollten wir Ihnen den Gefallen tun?
Weil ich Ihren...
... Göttergatten und Ihren Sohnemann...
... auch schnell ins Jenseits befördert habe.
SRT
Hey, Mütterchen.

Wenn ich hiervon los-komme...
... war's das mit euch.
Das werden wir sehen.
!
Sie waren schließlich schon vorher die ganze Zeit frei...
... und haben es trotzdem nicht hingekriegt.

on air
7:34
on air
7:34 PM
Dann wollen wir mal...
Die Abstimmung kann hiermit beginnen.
Wird Jinhyeok Song...
... es schaffen zu fliehen?

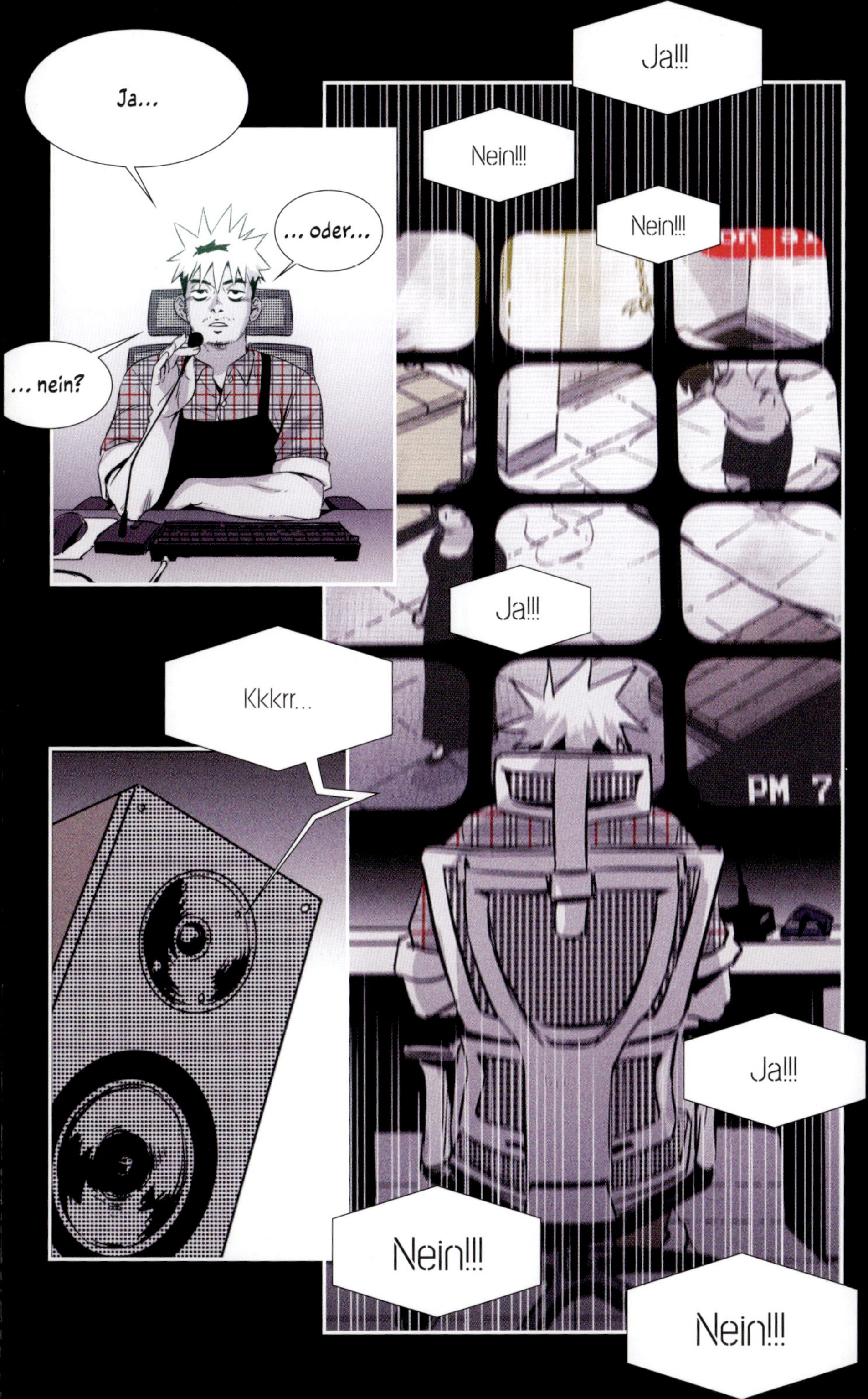

Ja...
... oder...
... nein?
Ja!!!
Nein!!!
Nein!!!
Ja!!!
Kkkrr...
PM 7
Ja!!!
Nein!!!
Nein!!!

KLING KLING
Ich habe Ihnen meine Antwort bereits gegeben.
POFF
Bitte belästi-gen Sie mich nicht länger damit.
SST
Egal wie viel Geld Sie mir bieten, es wird an meiner Antwort nichts ändern.

FWAPP
Kapitel 30
KARONMM
KARONMM
KARONMM

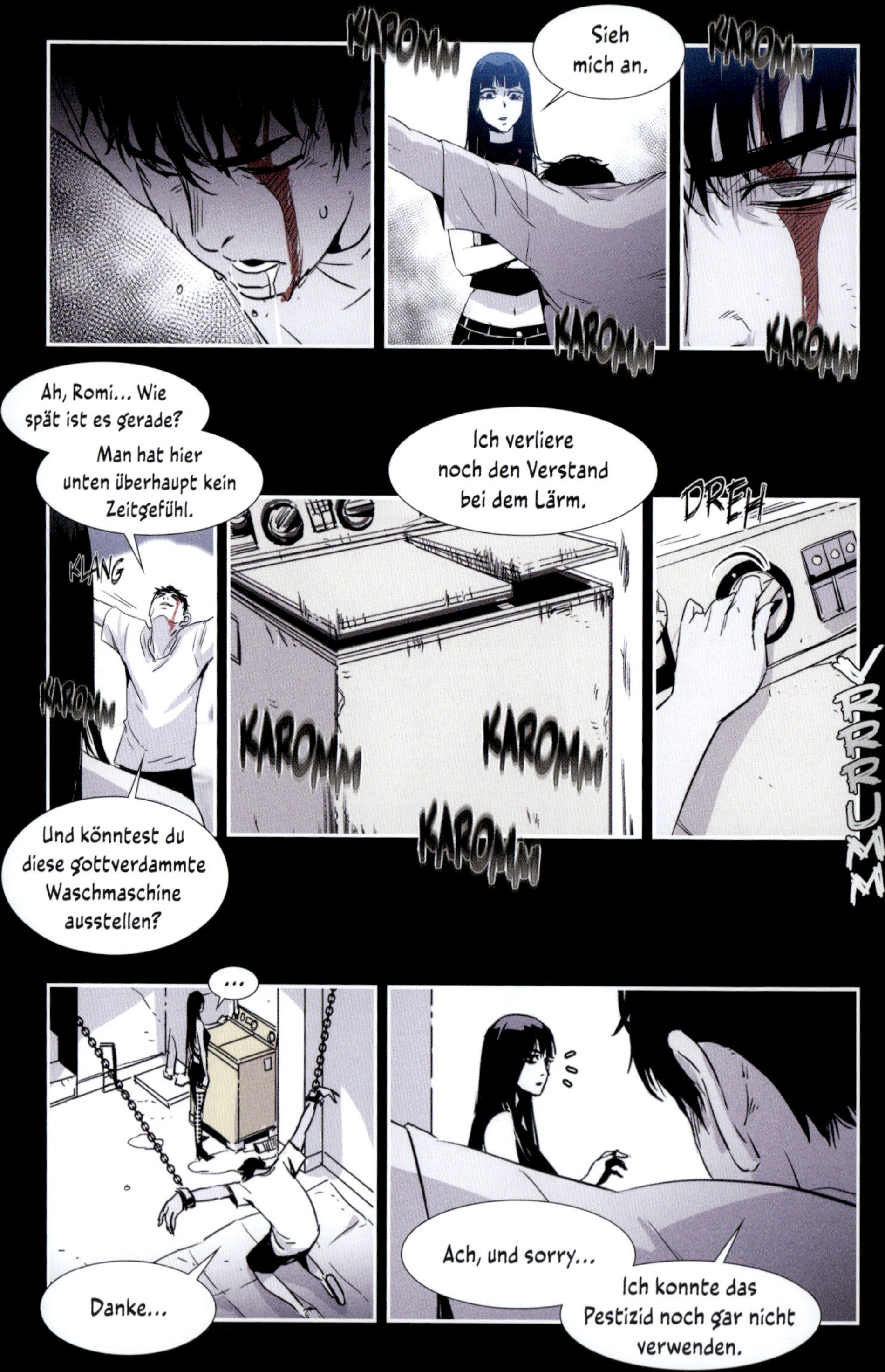
KAROMM
Sieh mich an.
KAROMM
KAROMM
KAROMM
Ah, Romi... Wie spät ist es gerade?
Man hat hier unten überhaupt kein Zeitgefühl.
KLANG
KAROMM
Und könntest du diese gottverdammte Waschmaschine ausstellen?
Ich verliere noch den Verstand bei dem Lärm.
KAROMM
KAROMM
KAROMM
DREH
VRRRUMM
...
Danke...
Ach, und sorry...
Ich konnte das Pestizid noch gar nicht verwenden.

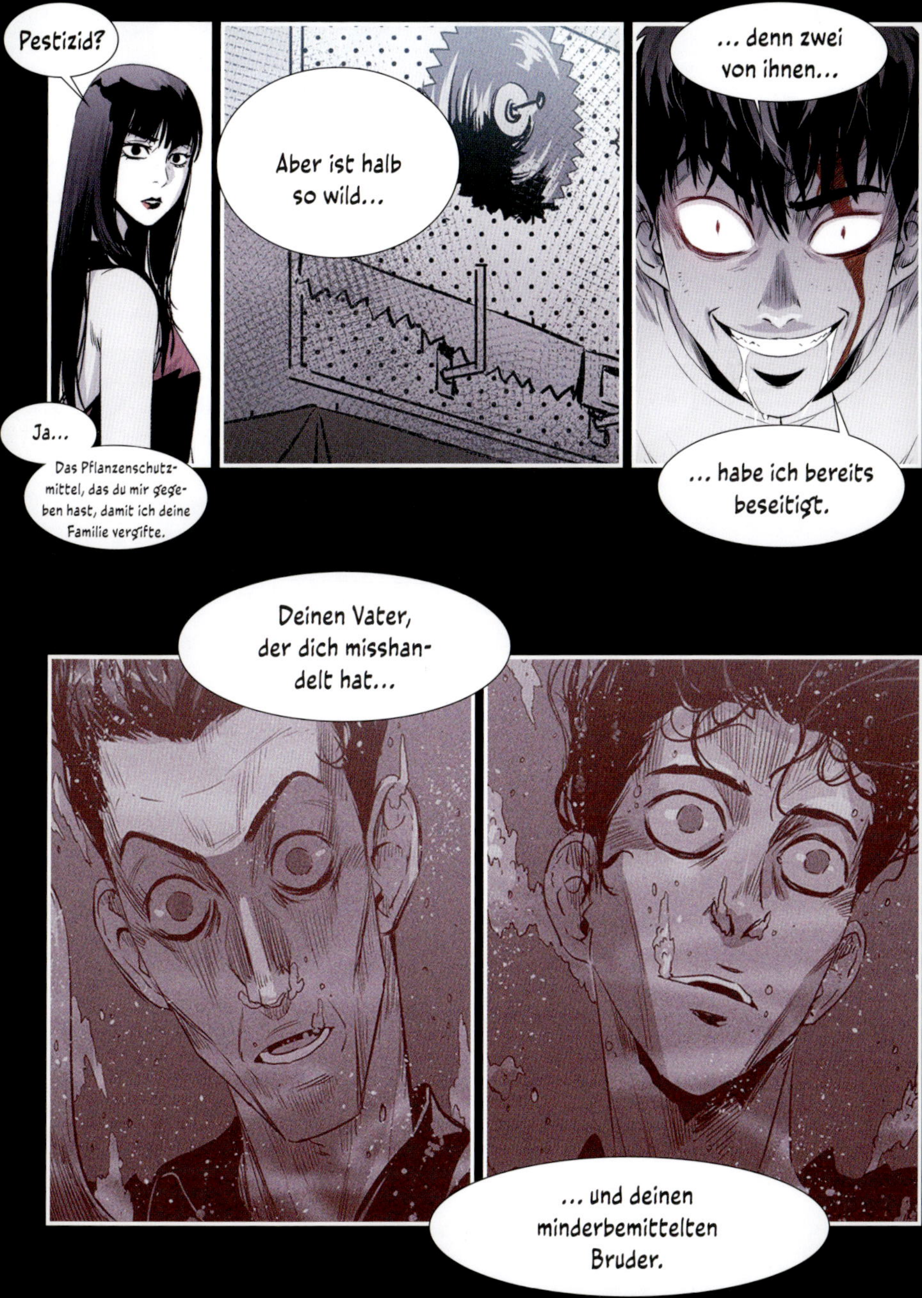
Pestizid?
Ja...
Das Pflanzenschutzmittel, das du mir gegeben hast, damit ich deine Familie vergifte.
Aber ist halb so wild...
... denn zwei von ihnen...
... habe ich bereits beseitigt.
Deinen Vater, der dich misshandelt hat...
... und deinen minderbemittelten Bruder.

...
Wieso guckst du denn so. Du hast es mir doch selbst gegeben.
Als Geschenk...
Hah, was ist? Geht es wieder los?
Spielst du wieder die Unwissende?
Ich kaufe euch die Nummer nicht mehr ab! Ihr scheiß Mörderbande!
KLANG
KLANG
Ich bin nicht verrückt! Ihr wollt es mich nur glauben lassen!!!

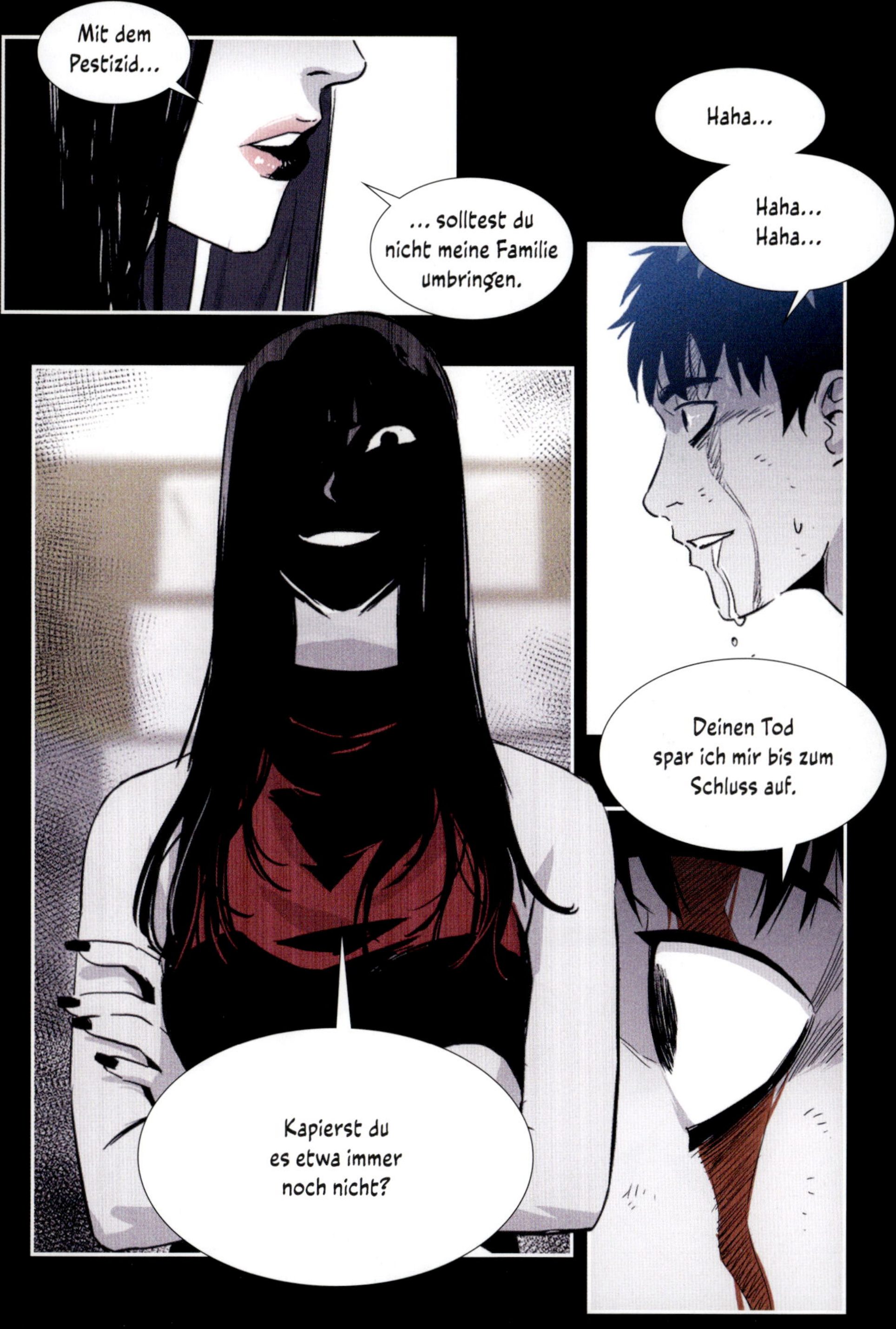
Mit dem Pestizid...
... solltest du nicht meine Familie umbringen.
Haha...
Haha... Haha...
Deinen Tod spar ich mir bis zum Schluss auf.
Kapierst du es etwa immer noch nicht?

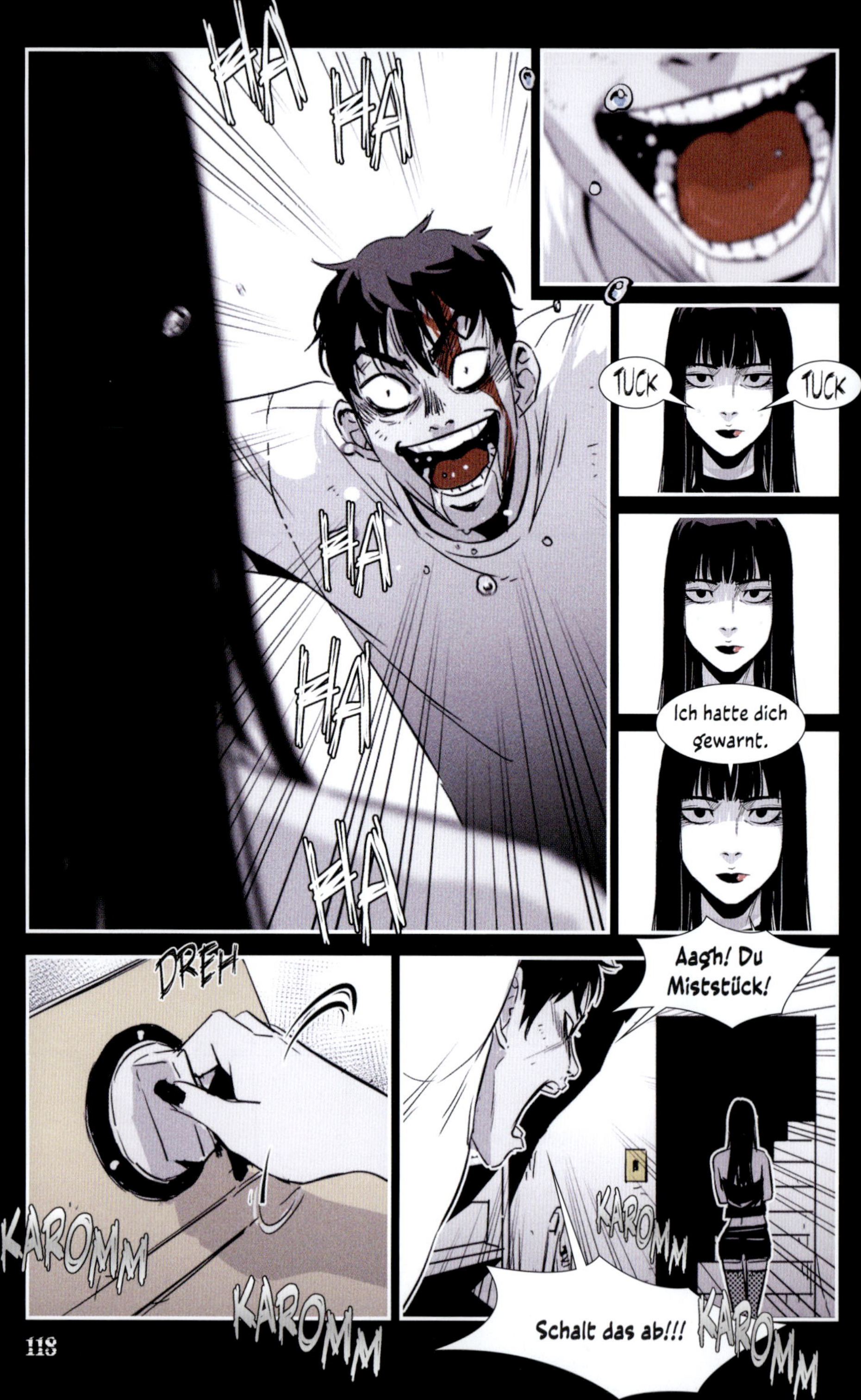

HA HA
HA
HA
HA
TUCK
TUCK
Ich hatte dich gewarnt.
DREH
KAROMM
KAROMM
Aagh! Du Miststück!
KAROMM
Schalt das ab!!!
KAROMM

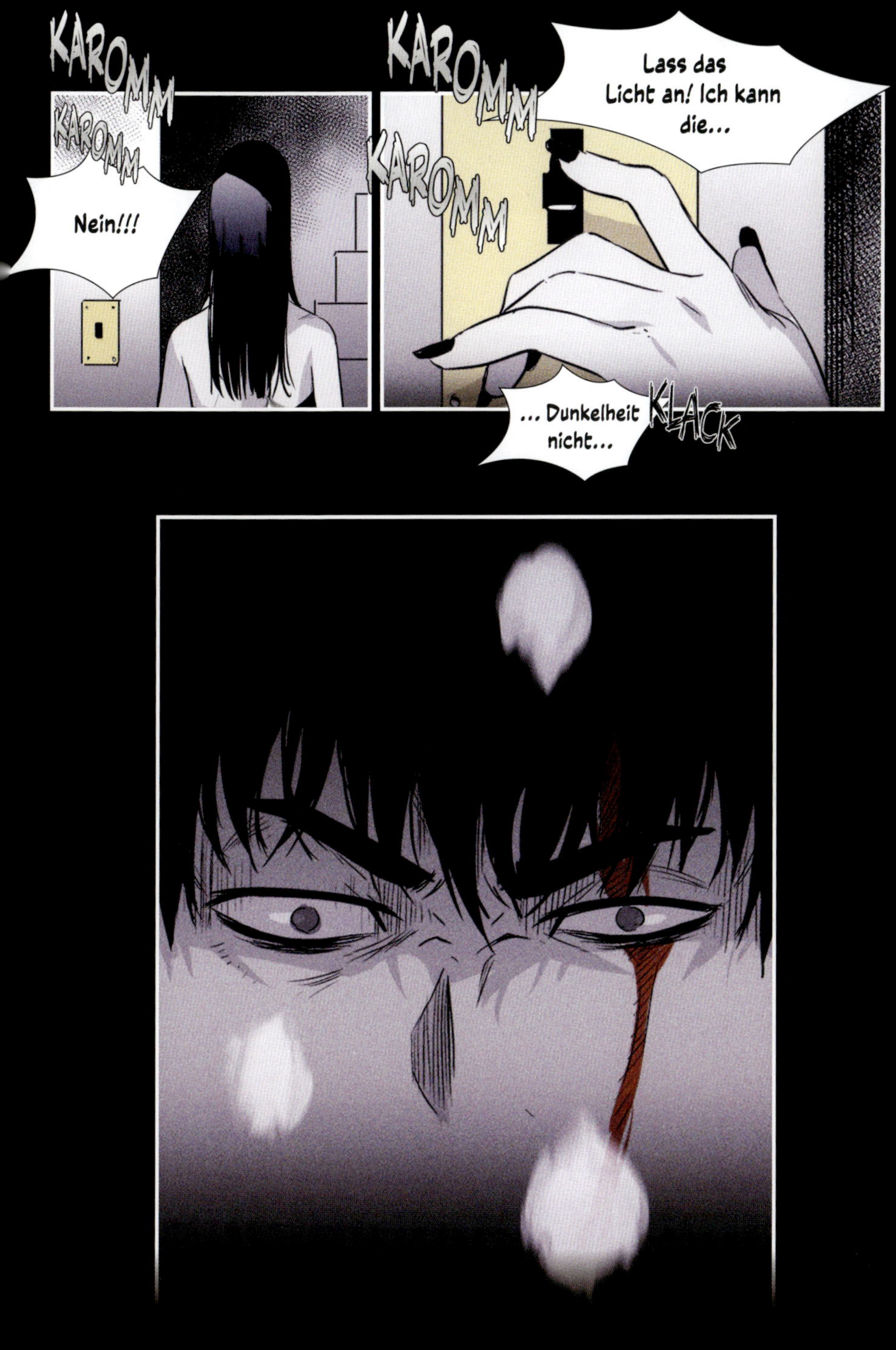
KAROMM
KAROMM
Nein!!!
KAROMM
KAROMM
Lass das Licht an! Ich kann die...
... Dunkelheit nicht...
KLACK

KAROMM
KAROMM
KAROMM
Hah...
KAROMM
Hah...
Haa...
KAROMM
KAROMM
KAROMM
Ich sagte doch, sie soll es anlassen...
KAROMM
KAROMM
KAROMM
KAROMM
Hah...
KAROMM
Verdammte Scheiße...

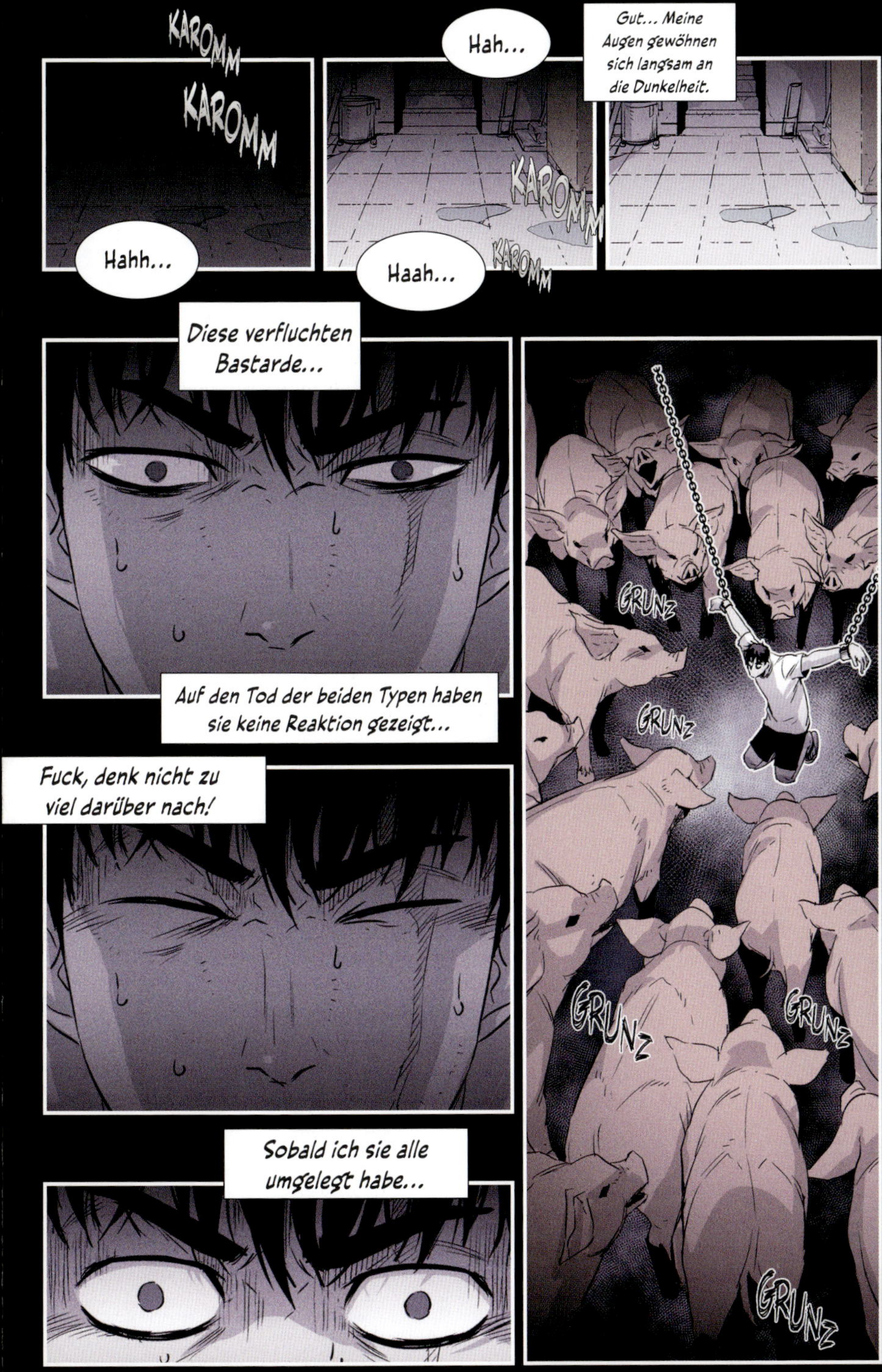
KAROMM
KAROMM
Hahh...
Hah...
KAROMM
KAROMM
Haah...
Gut... Meine Augen gewöhnen sich langsam an die Dunkelheit.
Diese verfluchten Bastarde...
Auf den Tod der beiden Typen haben sie keine Reaktion gezeigt...
Fuck, denk nicht zu viel darüber nach!
Sobald ich sie alle umgelegt habe...
GRUNZ
GRUNZ
GRUNZ
GRUNZ
GRUNZ

KLONG
KLIRR
KLANG
Haarghhh!!!
Aaaaaaagh!!!
KLONG
KLONG
Hiiiaaah!!!
KLIRR
KLIRR
KKCH

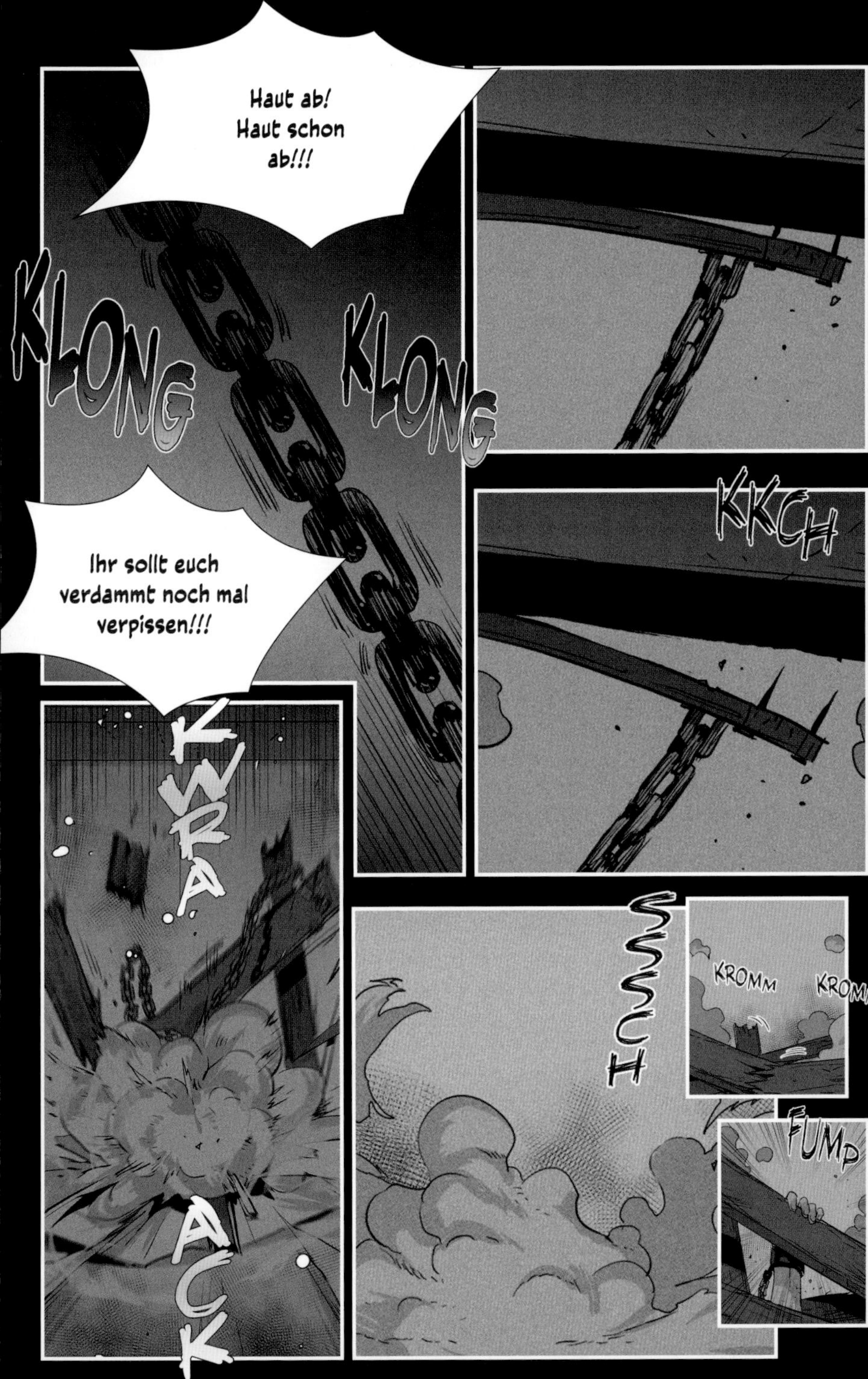
Haut ab! Haut schon ab!!!
KLONG
KLONG
Ihr sollt euch verdammt noch mal verpissen!!!
KKCH
KWRA...
ACK
SSSCH
KROMM
KROMM
FUMP

KROOMMMM
Uurgh!!!
Was?
Wovon redest du?
Betrug! Das ist Betrug!!!
Es kann doch nicht sein, dass die Holzbalken so leicht nachgeben.
Da muss von dir nachgeholfen worden sein!
Das stimmt! Es ist Beschiss, wenn man eine Abstimmung manipuliert!
Das habe ich aber nicht.
Du willst uns weismachen, dass du diese Balken nicht angefasst hast?

Das ist alles ganz anders als beim letzten Mal!
Natürlich ändern sich die Umstände jedes Mal.
FWUMM
...
Leute...
PAMM
KKCH

KKCH
KKCH
KLONG
RATSCH
KLONG
RATSCH

KLACK
TSCHING
DREH
KAROMM
VRRRUMM
Diese beschissenen Schweine...
HAH
Aber dank denen bin ich jetzt von den Ketten los...
Wenn niemand den Krach gehört hat...
... müssen sie alle gerade weit vom Haus entfernt sein.
Das Sägen hat mir meine letzte Energie geraubt.
PFIRSICH
PUH
Gibt es hier was zu futtern?

DIE SÜSSE DER NATUR!
PFIRSICH
Das wäre die Chance gewesen, den Typen zu killen!
Was? Wer hat das gesagt? Hast du noch was zu sagen?
Herrgott, dieses ständige Genörgel! Kann mal jemand den Kerl stummschalten?

FWIP
!
!
!!!
Hat Jinhyeok Song...
Lasst uns...
... die Abstimmung beginnen.
... soeben von unserer Existenz erfahren?

DIE SÜSSE DER NAT
PFIRSICI

FWIPP
PFIRSICH
PFIRSICH
Das wird genügen.
Aah...
Yeah!
So ein Mist!
Was für ein Trottel!
MAMPF
MAMPF
MAMPF
...

KRAM
KRAM
KRAM
KRAM
Liegt gut in der Hand...
WUSCH
WUSCH
... und das Gewicht ist ebenfalls ideal.
Damit sollte es gehen.
KAROMM

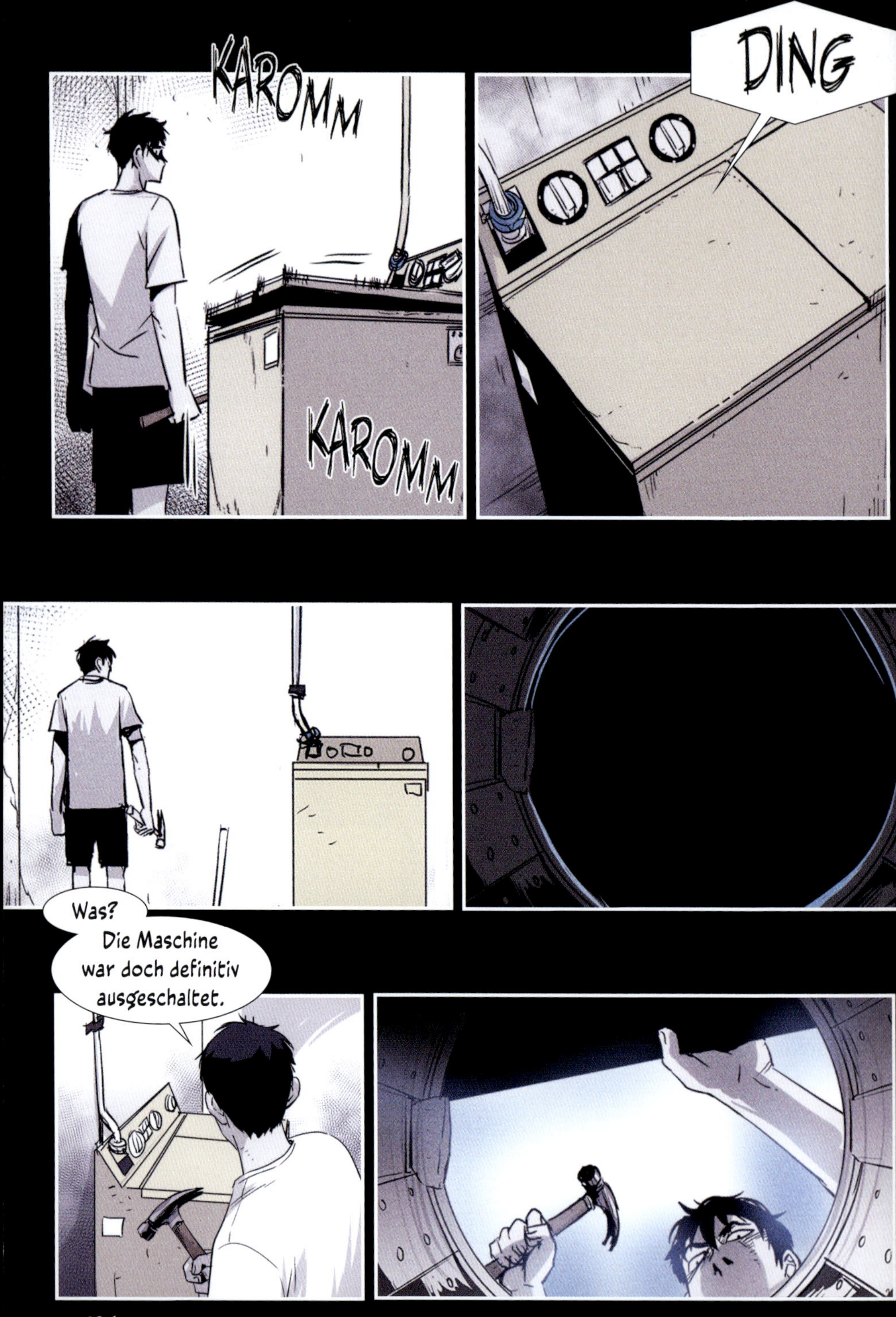
KAROMM
KAROMM
DING
Was? Die Maschine war doch definitiv ausgeschaltet.

Jinu
Jinu?
Wer ist das?

DUDUN
?!
FUMM

Fuck... Was ist das?!
FUMP
FUMP
Wtf?!
Was soll das schon wieder bedeuten?!
Hah...
Haa...
Hah...
Haah...
Ha...

HUU
Da habe ich wohl...
... ein bisschen die Kontrolle verloren.
Das ist vermutlich nur wieder einer ihrer billigen Tricks.
Ich bin deren Spielchen langsam wirklich leid.
Wenn ich die Weiber erst einmal beseitigt habe...
... wird sich schon alles auf-lösen.
Hahaha!
FWUSCH

Und auf Drogen können die mich auch nicht mehr setzen.
...
Drogen also...
HEHE
TAPP
TAPP

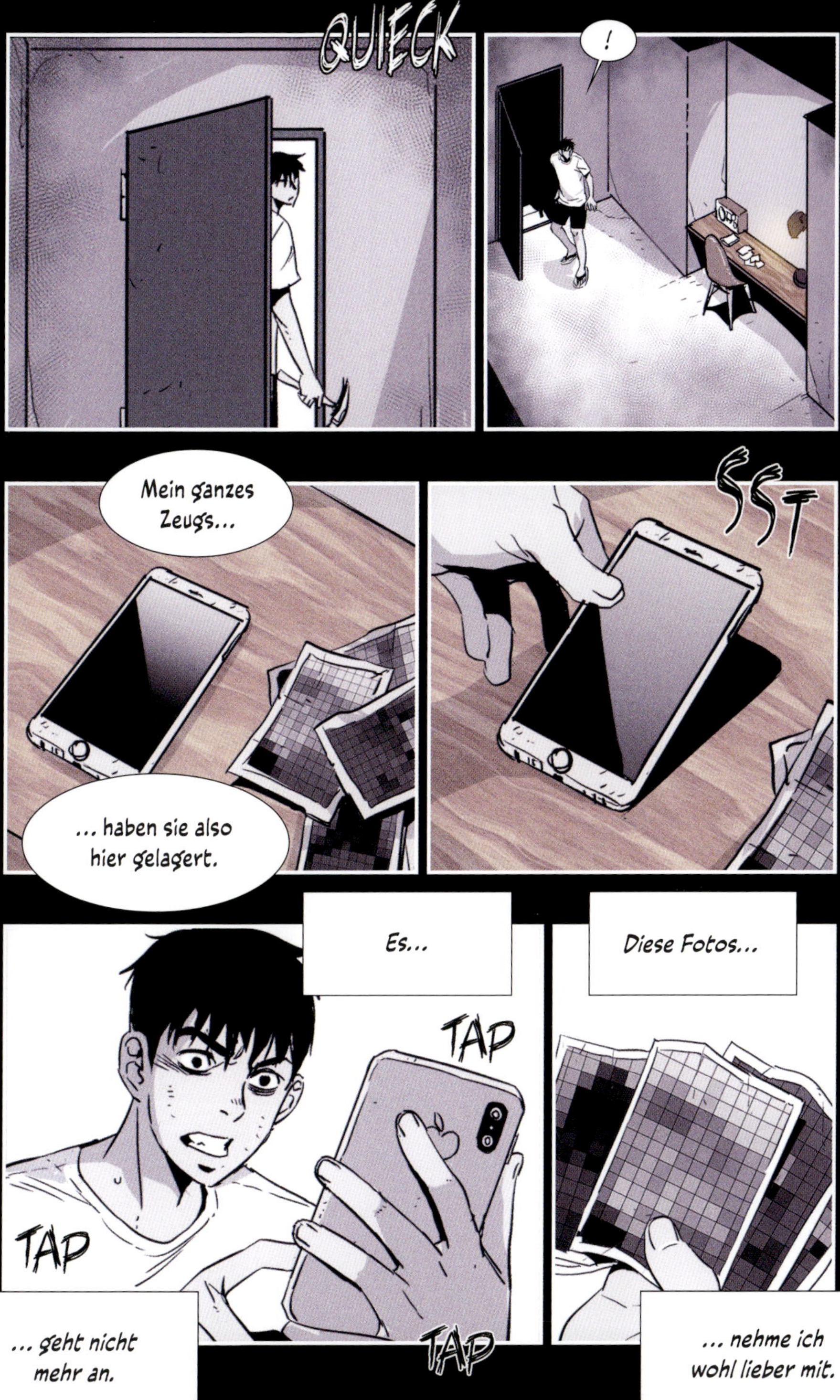
QUIECK
!
Mein ganzes Zeugs...
... haben sie also hier gelagert.
SST
Es...
TAP
TAP
... geht nicht mehr an.
TAP
Diese Fotos...
... nehme ich wohl lieber mit.

18:54
18:54 Uhr…
Abendessenszeit.

BAMM
TAPP
SSCHWAA
Denn es wird...
SSCHWAA
Lasst...
... es euch schmecken.
... eure letzte Mahlzeit sein.

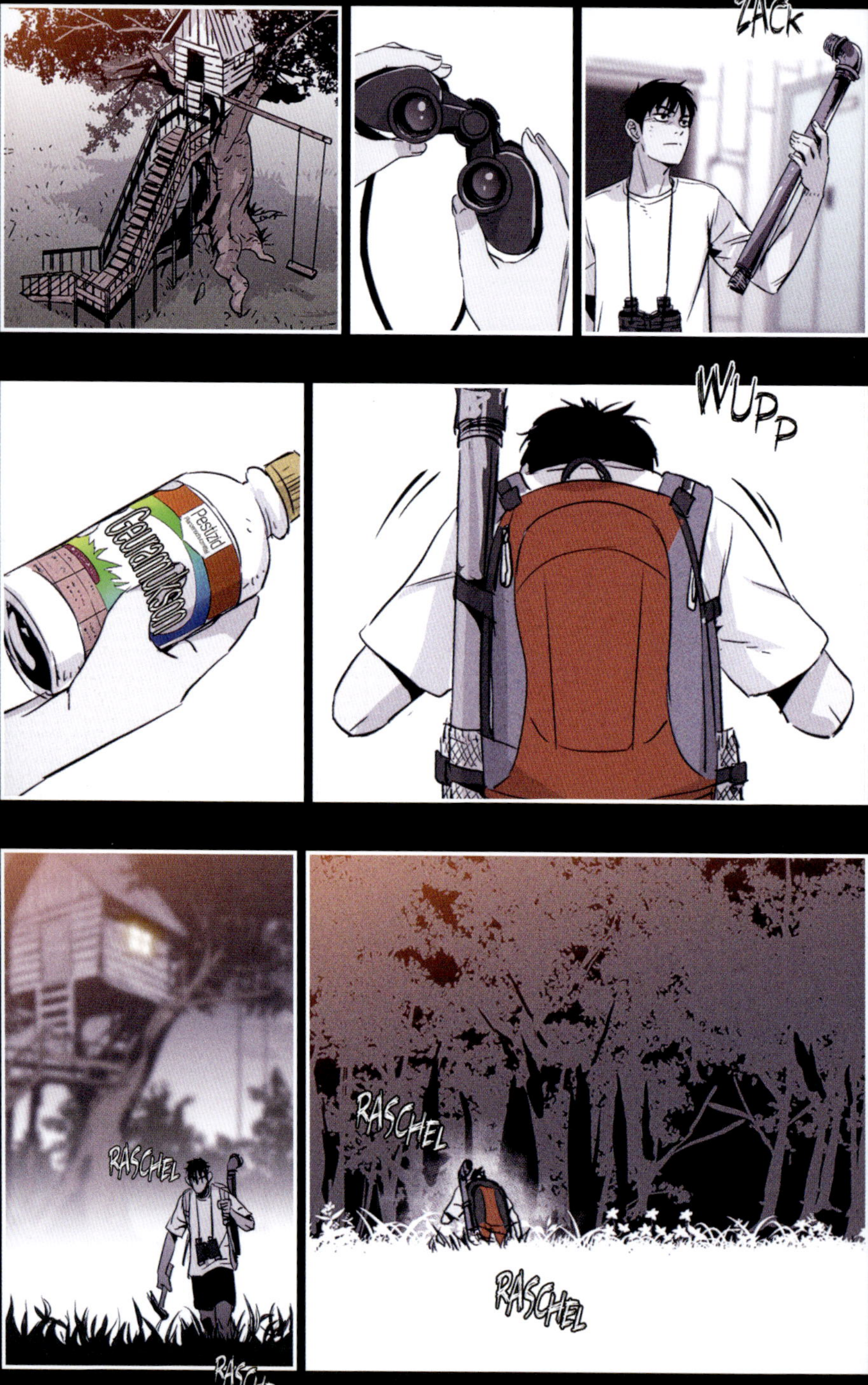
ZACK
Pestizid
WUPP
RASCHEL
RASCHEL
RASCHEL
RASCHEL

Perfekt... Die Lichter sind aus.
Wenn ich jetzt reingehe...
KLACK

!!!
Hä?
Hää?!
Was zum...?! Wieso...
... ist der Typ noch am Leben?
Ich bin mir ganz sicher...
... dass ich ihn zur Strecke gebracht habe!

Ganz sicher...
SRT
Ich habe ihn ganz sicher...
FWUSCH
... umge-bracht!

KKCH
FWO
UUUU
FUMP

HAH
Wieso zum Teufel…
… lebst du noch?
Den Schwachkopf…
… habe ich doch durchgepustet.
…

Ich habe genau gespürt...
... wie der Bolzenschuss durch seinen Bauch ging.
Und sein Blut ist in alle Richtungen gespritzt!
Ist er ein Geist?
Oder ein Zombie?
Bin ich etwa immer noch...
SCHLUCK
... auf Drogen?

Habe ich mir
das alles nur
eingebildet?
Nein...
Das kann nicht
alles eine Halluzination
gewesen sein.
Aber eins steht fest...
FWO
UUUU

Dieser Kerl, der hier vor mir steht...
... bewegt sich, verfickt noch mal.
HAH
HAH
Blut...
POCH
POCH
POCH
POCH
POCH
POCH
POCH

PFF
Pahahahaha!
Pahahaha!
...
?
Es fällt mir zwar schwer, das zu glauben...
SRT
... aber nehmen wir mal an, dass ich mir euren Tod nur eingebildet habe.
Wenn ich dich also jetzt umlege...
Dennoch...
SRT
... sind das Blut hier...
... und der Schmerz in meiner Schulter definitiv real.
SRT
KRATZ
... solltest du doch im Jenseits bleiben, oder?

WUSCH
FWOUUUU
ZASCH
?!

Du schwingst...
SST
... immer von oben nach unten.
Hah...
Die Schulter war sowieso verletzt...
WHACK
Den Hieb zu kassieren, war es wert.
TAPP
Ah...
Ich sollte lieber auf Nummer sicher gehen.

TAPP
TAPP
WHACK
WHACK
WHACK
WHACK
WHACK
Verdammte Scheiße, tut das weh.
Hey, du dummes Arschloch…
Steh doch wieder auf!
Hmm?!
Na los!
Auf mit dir!
Haha…

Das geht
wohl nicht!
KWAAA
...
ANG
SSSSCH

TAPP
FUUUOO

Urgh!
SRT
SRT
SRT
SRT
SRT

Wieso reagiert er so gelassen?
SRT
SRT
Sind diese Idioten...
... wirklich miteinander verwandt?
Und wenn schon.
Was soll's...
TAPP
TAPP
Ich werde mal...

... etwas im Haus aufräumen!

Ich werde mal...
... etwas im Haus aufräu-men!
TAPP

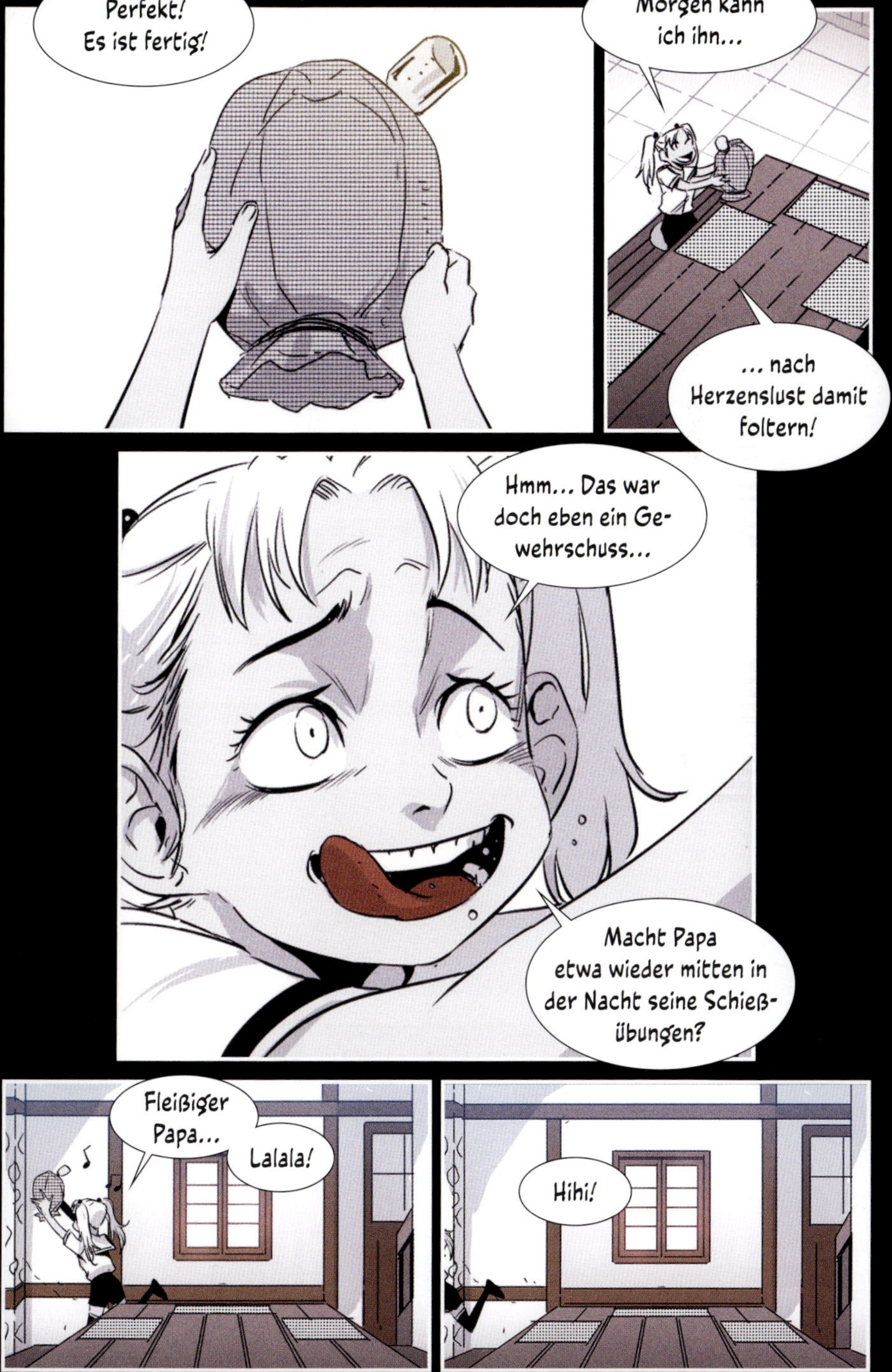
Perfekt! Es ist fertig!
Morgen kann ich ihn...
... nach Herzenslust damit foltern!
Hmm... Das war doch eben ein Gewehrschuss...
Macht Papa etwa wieder mitten in der Nacht seine Schießübungen?
Fleißiger Papa...
Lalala!
Hihi!

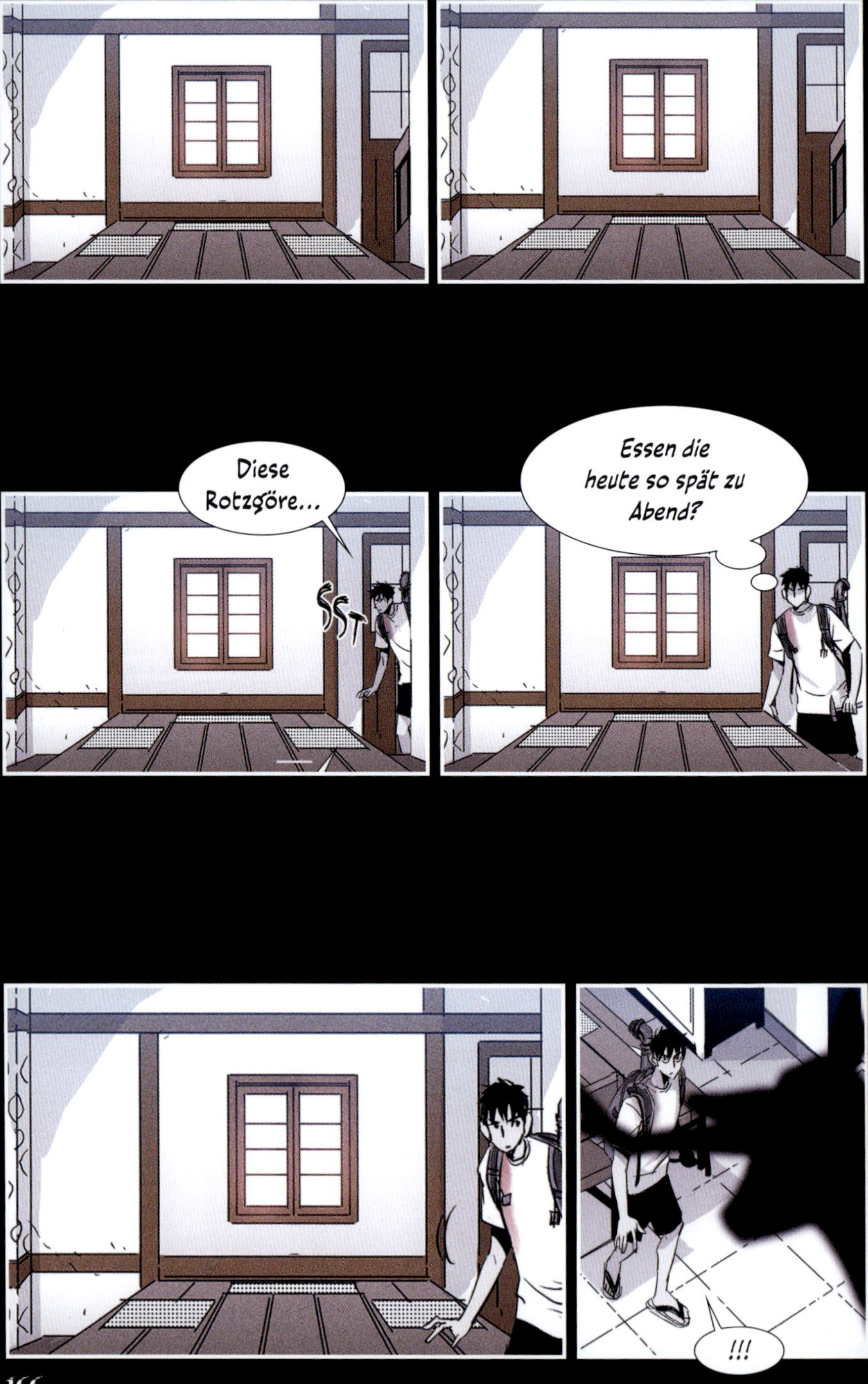
Diese Rotzgöre...
SST
Essen die heute so spät zu Abend?
!!!

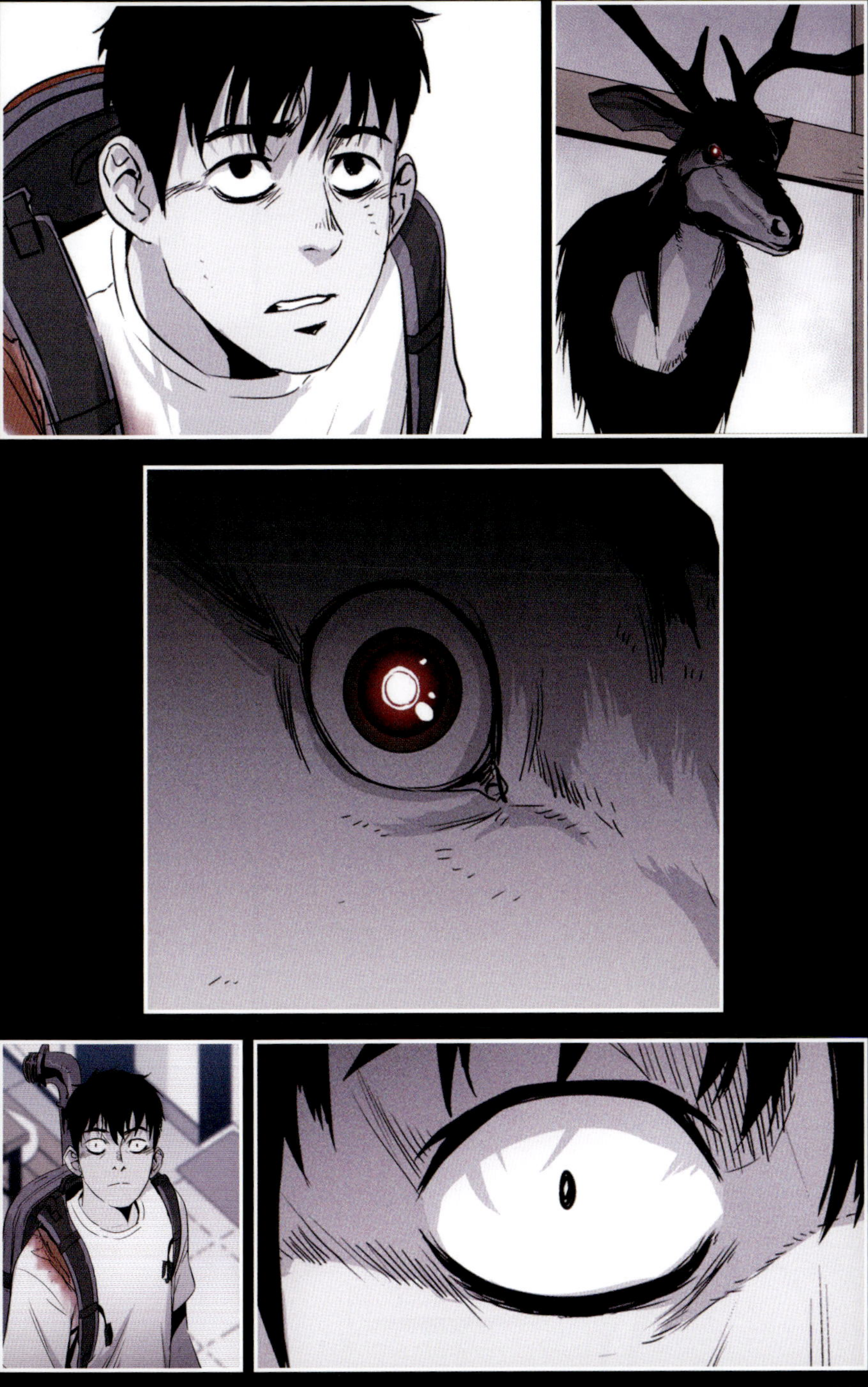

QUIECK
!

TSCHING
Heute gibt es wohl Steaks!
GLUCK
GLUCK
GLUCK
Wäre doch ein Jammer, wenn sie nicht richtig gewürzt wären.
KNARZ
KNARZ
KNARZ
Ich habe Schüsse gehört…
Es ist doch wohl nichts vorgefallen?
SST
!!!
KNARZ

DING
QUIECK
DING
...
KLACK
Ziemlich schlechte Sitten...
... den Gast nicht zum Abendessen einzuladen.
Nicht wahr, Mütterchen?
Ich habe euch doch gewarnt.
Wenn ich rauskomme...

... war's das mit euch!
PSSCH

Verdammte Scheiße!
Womit zur Hölle hast du da rumgespritzt?
FUCHTEL
HUSCH
FUCHTEL
Bleib bei dir, Jinhyeok!
Konzentration! Beruhige dich!
Du schaffst das!

Agh!
Dieses beschissene Miststück!!!
Stiiiiiirb!!!
?!
FUMP
Du bist gefährlich.
Ich töte dich.

Ha...
Haha... Hahaha...
POCK

FUMM
RUUUMMS
Urgh...
Nnngh!!!
Ugh...
Huuuh...

Ngh...
Pahahaha!
...
Pahahahahaha!
Ich... Ich...
... verliere langsam echt den Verstand!!!
TRÄN

Aaah!
Hiieek!
Haha... Also wirklich...
Ich glaub's nicht...
Du willst es echt bis zum Schluss durchziehen, oder?
Dann zeig mal, was du kannst.
GRP
TUCK
Ich werde euch immer wieder töten.

Und wenn ihr wieder aufersteht, erledige ich euch erneut.
Wieder und wieder...
Ein endloser Kreislauf des Todes...
Jinhyeok Song, Serienmörder.
Oh?
Wenn man unzählige Menschenleben auf dem Gewissen hat, hat man ein gewisses Gespür.
?!
ZITTER
ZITTER

Und dieses Gespür verrät mir...
... dass dieser Mann...
... gerade Todesangst verspürt.
Sag mal...
...
Huh?!
Fürchtest du dich gerade?

Sag mal...
Fürchtest du dich gerade?
ZUCK
Kapitel 34
Liebling...
... bleib zurück.
Wir kümmern uns darum.
Hat sie gesagt, dass er zurückbleiben soll?
Wieso?
!!!
Ich sollte nicht einfach tatenlos rumstehen!
Das ist meine Gelegenheit!
Na los!
FWU
SCH

FUUOOO
KWUANG

Nicht!!!
Lieb-
ling!!!
GRP

TSCHING
Hey,
Schwachkopf!
!

Meinst du...
... deine Mutter wird auch wieder von den Toten auferstehen?
KABOOM
RUMMS

FWUSCH
Hah...
Ha...
Hah...

KKRR
HAH
HAH
HAH
TUCK
TUCK
TUCK
TUCK
TUCK
TUCK
TUCK
SSCHWAA
SSCH

SSSCH
SSCHWAA
Mist! Ich blute echt stark.
Ich muss die Wunde eigentlich dringend versorgen...
SCHWIRR
... aber dann...
PLUMPS
... finden mich die Bastarde.

SSCHWAA
Haha…
Von wegen, letzte Mahlzeit…
Ich bin fast draufgegangen!
SSSCH

SSSCH
...
SSSCH
Ich hasse die Dunkelheit.
SSCH

!
Du!!!
SSSUCH
SSSSUCH
Haha...
Du bist nicht einmal nass vom Regen...
Bist du ein Geist oder so etwas?
Ich werde hier noch irre...
Diese ganze Insel... bringt einen um den Verstand.
STÜTZ
SSSSUCH
...
Die Leute in dem Haus sind deine Familie, nicht wahr?
Haben die dich etwa auf dem Gewissen?

Hast du deshalb das Boot versenkt?
Damit ich mich an deiner Stelle an deinen Mördern räche?
SSSCHWAA
...
Diese Fotos...
... sind auf deinem Mist gewachsen, nicht wahr?
...
Hach... Du bist ganz schön mundfaul.
Dann sag mir bitte nur eine Sache.

Wieso...
... lassen sich diese Leute nicht umlegen?
SSSCH
HNGH
Verdammte Scheiße, rück schon raus mit der Sprache!!!
Hier ist echt nichts normal!

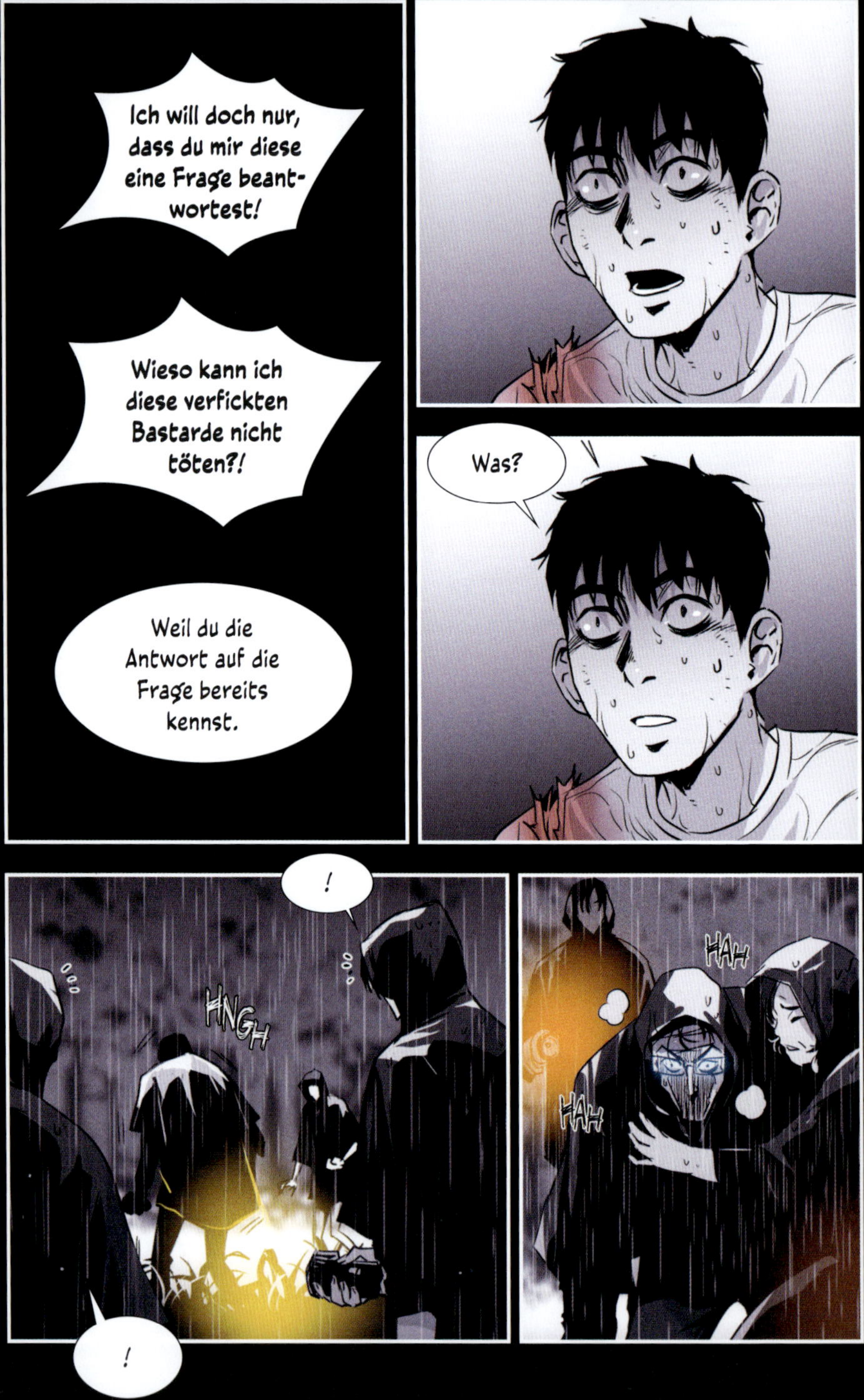
Ich will doch nur, dass du mir diese eine Frage beant-wortest!
Wieso kann ich diese verfickten Bastarde nicht töten?!
Weil du die Antwort auf die Frage bereits kennst.
Was?
!
HNGH
!
HAH
HAH

Du hast es…
… bereits fast geschafft.
Wovon redest du?
Ich habe dem einen mit einem Gewehr den Bauch wegge…
Hab ich dich!

SSSCH
Weißt du eigentlich...
... wie lange ich schon nach dir suche...
... Jinu?
KABOOM

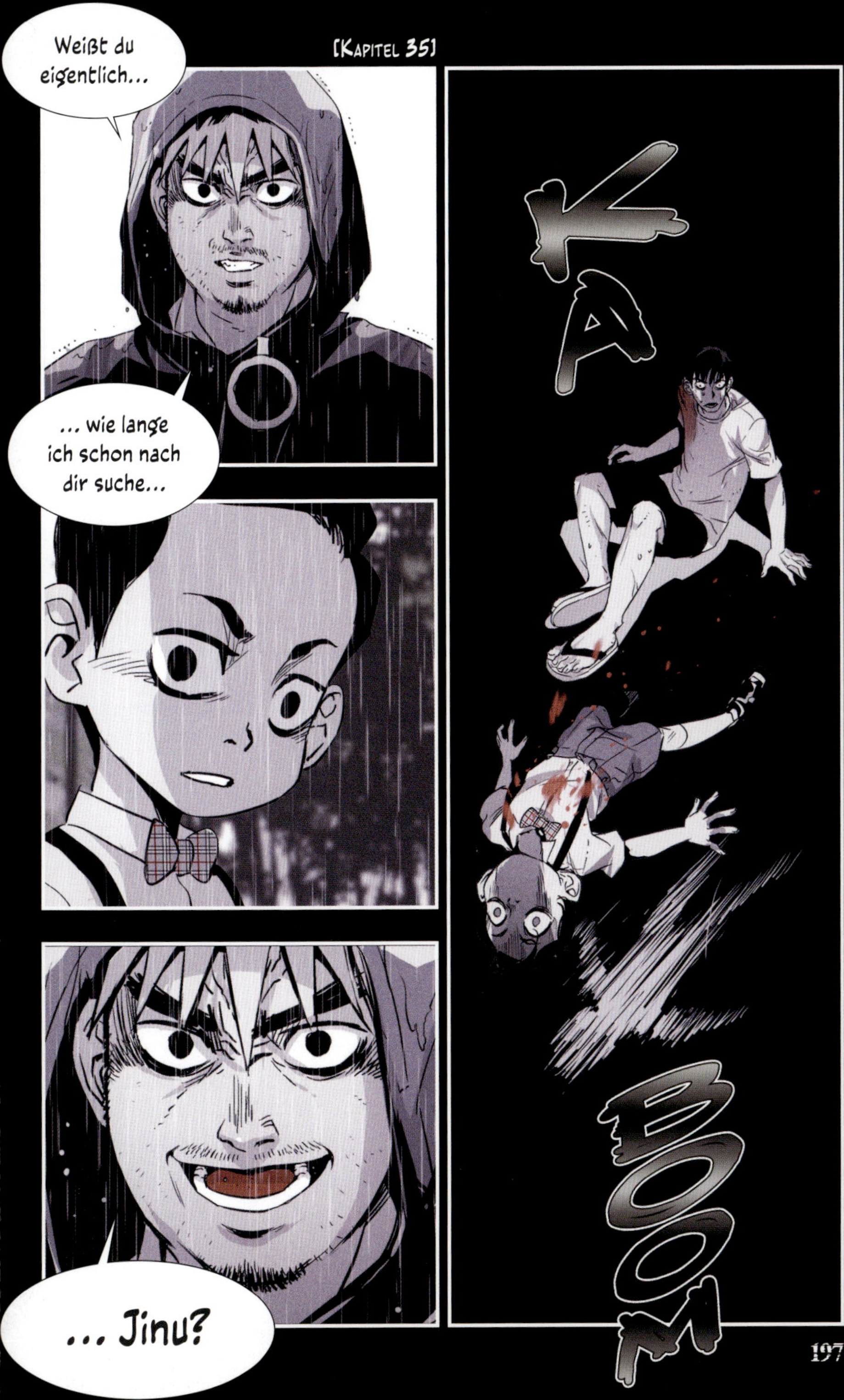
Weißt du eigentlich...
... wie lange ich schon nach dir suche...
... Jinu?
KA
BOOM

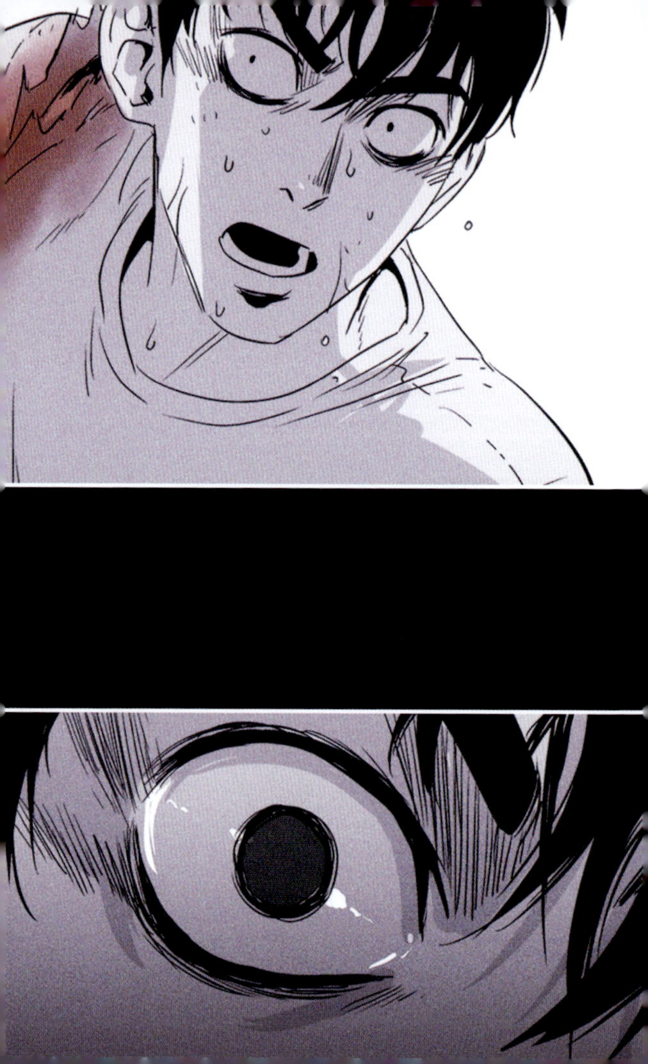

KKRR
KKRR
KKRR
KKRR
Werter Herr...
Kann ich Sie kurz etwas fragen?
?!
Wenn man...
... dieser Staße weiter folgt...
... kommt man auf eine Schweinefarm, richtig?

...
Ganz genau.
Fahren sie die Straße einfach weiter geradeaus.
KKRR
Vielen Dank!
KKRR
Keine Sorge, das sind wirklich nette Leute.
Es gibt sogar einen Jungen in deinem Alter.
Wenn du dort erst einmal weit weg von allem etwas Zeit verbracht hast...
... wird es dir bald besser gehen.

Okay?
Jinhyeok?
Bestimmt...

GRUNZ
GRUNZ
GRUNZ
So... Ich mache euch mal bekannt.
Das ist die Familie, die sich eine Zeit lang um dich kümmern wird.
Guten Tag.
VERBEUG
Och...
Was für ein gut erzogenes Kerlchen.
Komm du auch schnell her und stell dich vor, mein Schatz!
Hier ist ein gleichaltriger Freund für dich.

...
Genau!
So ist es recht.
TAPP TAPP
SST
Hallo...
Ich heiße...
... Jinu.

Was...
... war das gerade?
PLATSCH
SSSCH
SRT
SRT
ZIEL

Von deinem Anblick...
... wird mir ganz schlecht.
SCHWAA
Ich werde dir wohl...
... deine widerliche Visage zerschmettern müssen!
KLICK
Verreck!
KRONCK

PACK
PRESS
Aargh... Du beschissener Junkie!
DRÜCK
Misch dich da nicht ein...
... Jinhyeok!
FUMP
Nngh!
TAUMEL
SSSCH

WHACK
PLATSCH
SSSCHWAA
WHACK
WHACK
WHACK

SSSCH
SSSCHWAA
HAH
HAH
PLATSCH
SSSCH
SRT
SRT
Ein Geist, der sich eine Kugel fängt und stirbt.
LINS
Wie lächerlich.
Aber wer bist du bloß?
Jinu...
... oder...
...
Jinhyeok?

Hngh...
Das kann nicht sein.
Du kommst von dieser Insel runter...
... indem du die ganze Familie umbringst.
Aber diese Leute...
... stehen jedes Mal wieder von den Toten auf.
Sag mir doch, wie ich sie endgültig töten kann.
Ich weiß selbst nicht genau, wie es geht...
... aber du weißt es.
Du bist schwer verletzt.
Kümmere dich erst mal um deine Schulter.
ZUCK
SSSCH
In seiner Hütte gibt es einen Verbandskasten...

Aber gehe nicht in seinen Keller.
Niemals…
Seinen Keller?
Und denk immer daran…
Du bist Jinhyeok Song…
Bleib ein Tier ohne Schuld-bewusstsein!
Alles, was du wissen musst, weißt du… bereits…
… sogar die Dinge, von denen ich keine Ahnung habe.

Selbst...
... wie man die Familie beseitigt...
Hör mir gut zu, Jinhyeok Song...
SSSCH
Schuld ist Gift!
Lass diese Leute...
... dich bloß nicht...
... töten.
PAFF

Kapitel 35

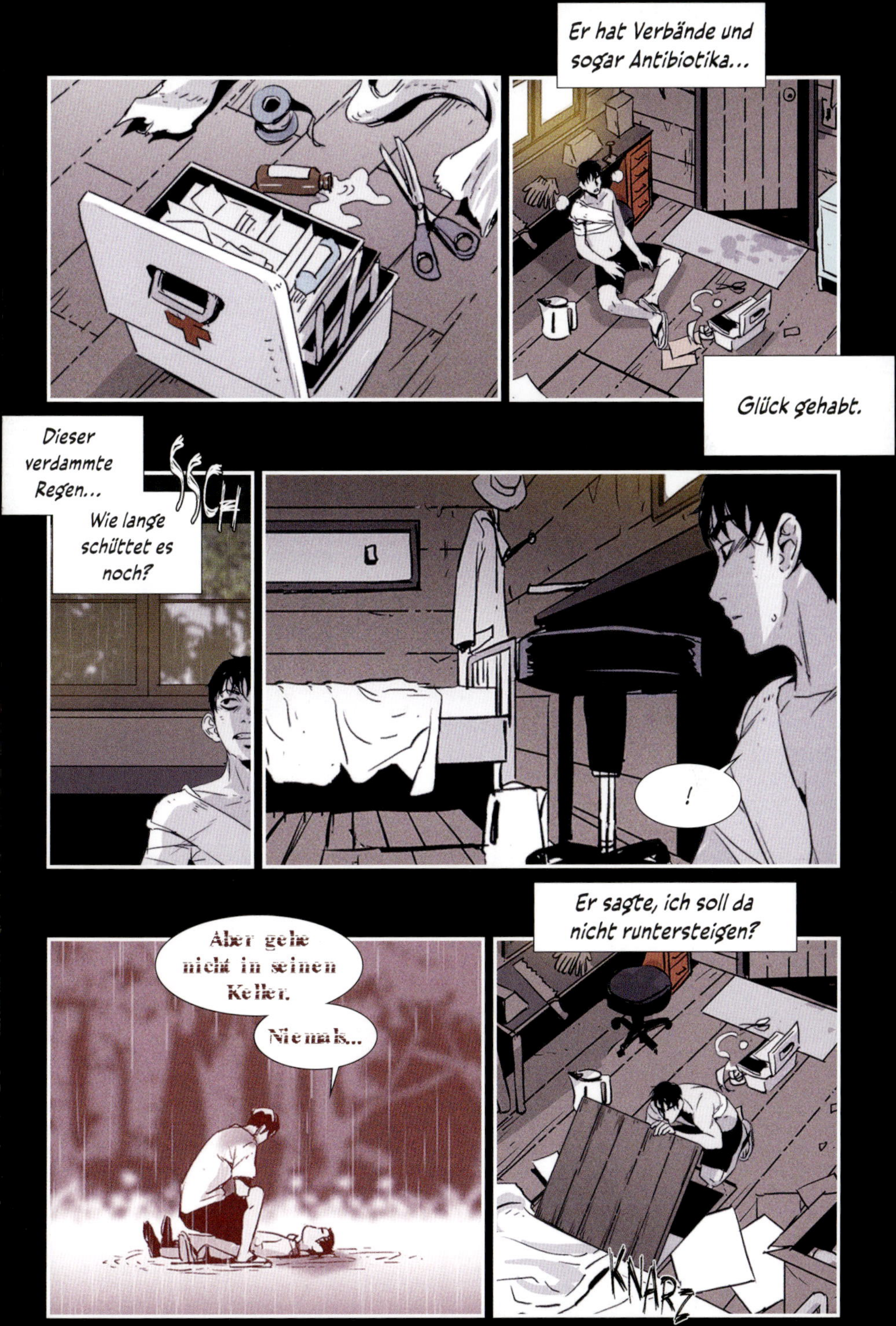
Er hat Verbände und sogar Antibiotika...
Glück gehabt.
Dieser verdammte Regen...
SSCH
Wie lange schüttet es noch?
!
Aber gehe nicht in seinen Keller.
Niemals...
Er sagte, ich soll da nicht runtersteigen?
KNARZ

Wenn er das so sagt...
Das ist ja stockfinster hier.
... wird meine Neugier nur größer.
KLACK
Was hat das zu bedeuten?

REC
Das... ist der Esstisch...
REC
Und das hier ist doch das Baumhaus, in dem ich geschlafen habe?
Taehui, dieser verfluchte Mistkerl!
Hat er mich die ganze Zeit über-wacht?!
BAMM
Soll das etwa ein schlechter Scherz sein?!
ROMM
?!

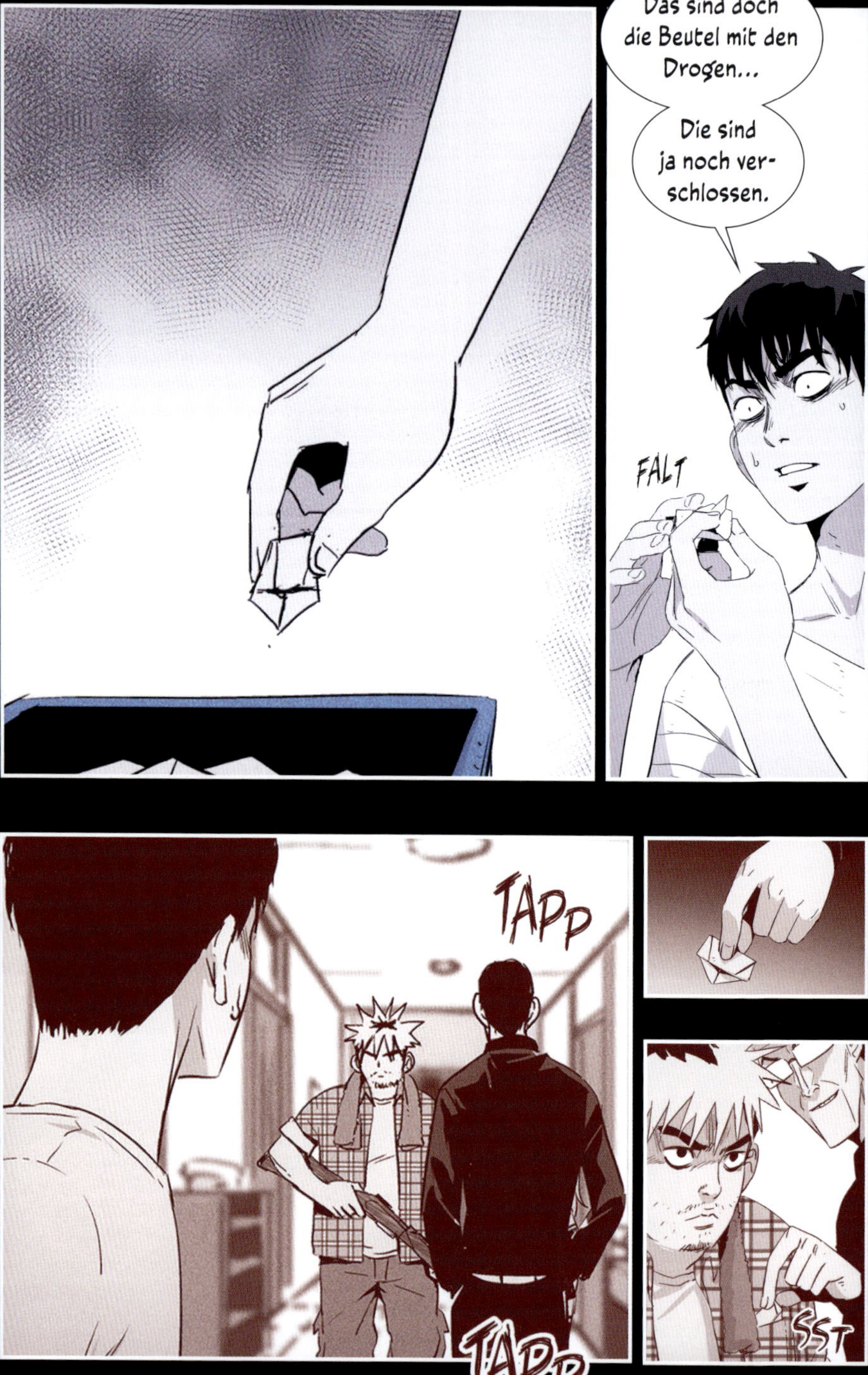
Das sind doch die Beutel mit den Drogen...
Die sind ja noch verschlossen.
FALT
TAPP
TAPP
SST

Die sind...
... komplett leer.
SSUHWA
SSCH
Kkkrr...
Uuaaah...
Sieh mal einer an! Der leibhaftige Jinhyeok!

[Kapitel 36]
Huh? Er hat es bis hierher geschafft?
Sieh mal einer an! Der leibhaftige Jinhyeok!
W...Was?
Wer seid ihr?!
Was glaubst du denn, wer wir sind?
Wir sind die, die dich seit einer geraumen Zeit im Auge haben.
Dank dir fühlen wir uns echt gut unterhalten.
Seit einer geraumen Zeit? Die beobachten mich?
Ist ja auch egal, wer ihr seid, aber wenn ihr mich hören könnt, dann helft mir doch bitte!
Ich brauche dringend Hilfe!
...
?

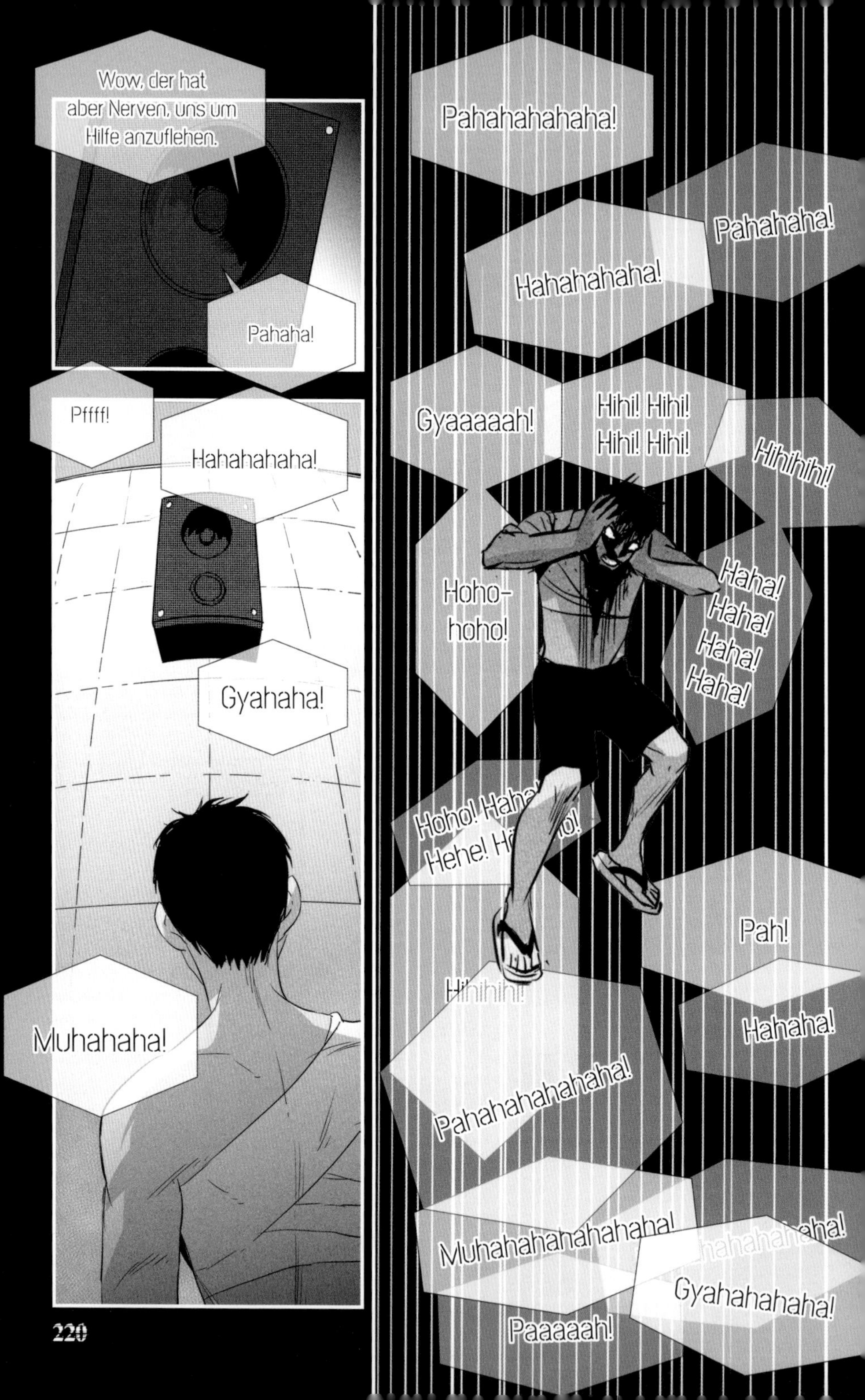
Wow, der hat aber Nerven, uns um Hilfe anzuflehen.
Pahaha!
Pffff!
Hahahahaha!
Gyahaha!
Muhahaha!
Pahahahahaha!
Pahahaha!
Hahahahaha!
Gyaaaaah!
Hihi! Hihi! Hihi! Hihi!
Hihihihi!
Hoho-hoho!
Haha! Haha! Haha! Haha!
Hoho!
Hehe!
Pah!
Hihihihi!
Hahaha!
Pahahahahahaha!
Muhahahahahahaha!
Gyahahahaha!
Paaaaah!

Paaaaah!
Hihihihi!
Haltet die Klappe!
Hör mal…
Hast du echt keinen blassen Schimmer, wer wir sind?
Mach dir doch nichts vor.
Als ob der uns noch kennen würde.
Aber echt! Der Mistkerl interessiert sich nur dafür, diese Familie zu jagen!
Fraglich, ob der Typ überhaupt noch meinen Namen weiß.

Sagt mal, wovon redet ihr da?!
Ich stecke in ernsten Schwierigkeiten!
Jetzt mach mal halblang, du unverschämter Wichtigtuer!
REC
REC
ZAPP
Du bist nichts als ein mieses Schwein!

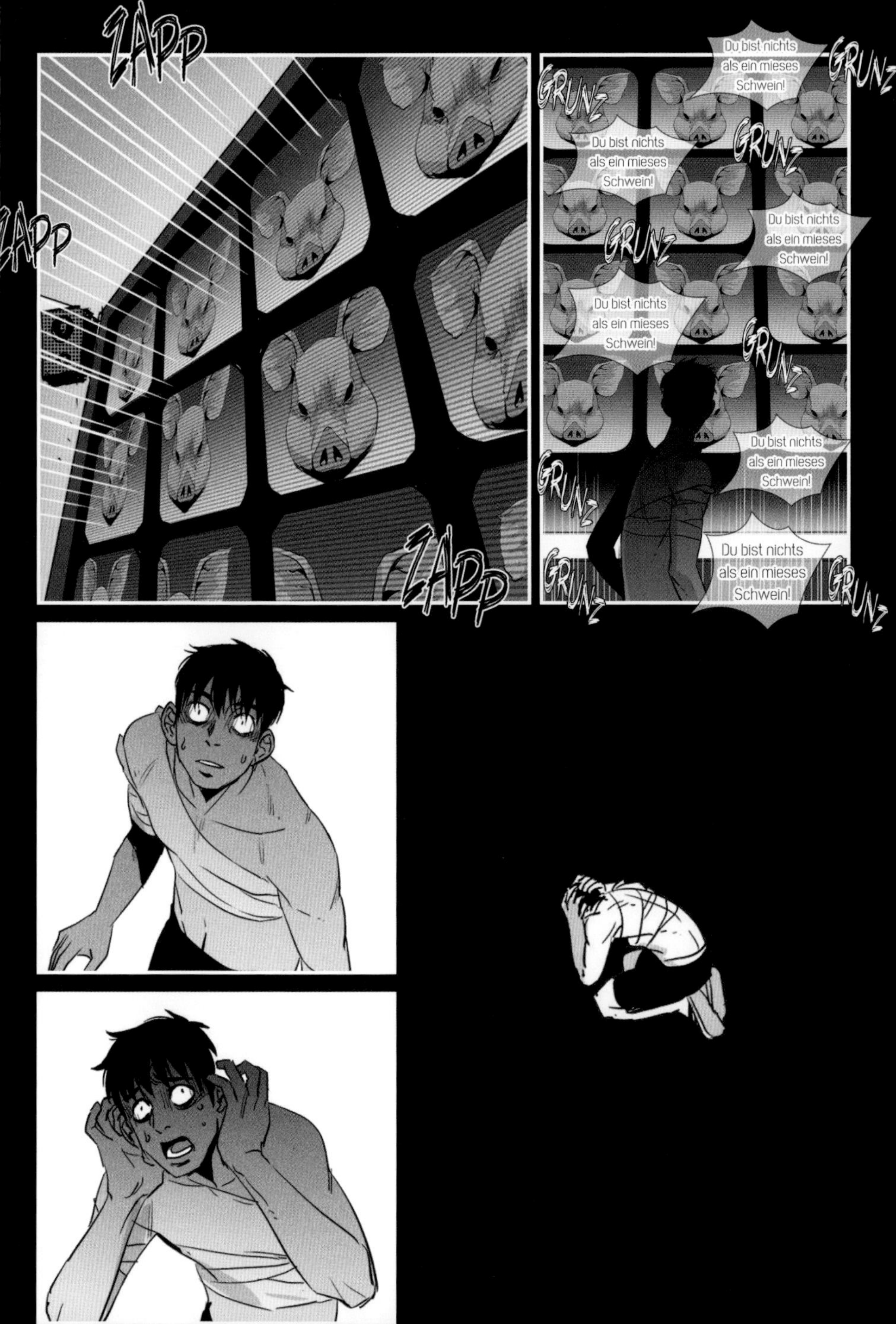
ZAPP
ZAPP
ZAPP
GRUNZ
Du bist nichts als ein mieses Schwein!
GRUNZ
GRUNZ
Du bist nichts als ein mieses Schwein!
GRUNZ
Du bist nichts als ein mieses Schwein!
Du bist nichts als ein mieses Schwein!
GRUNZ
GRUNZ
Du bist nichts als ein mieses Schwein!
GRUNZ
Du bist nichts als ein mieses Schwein!
GRUNZ

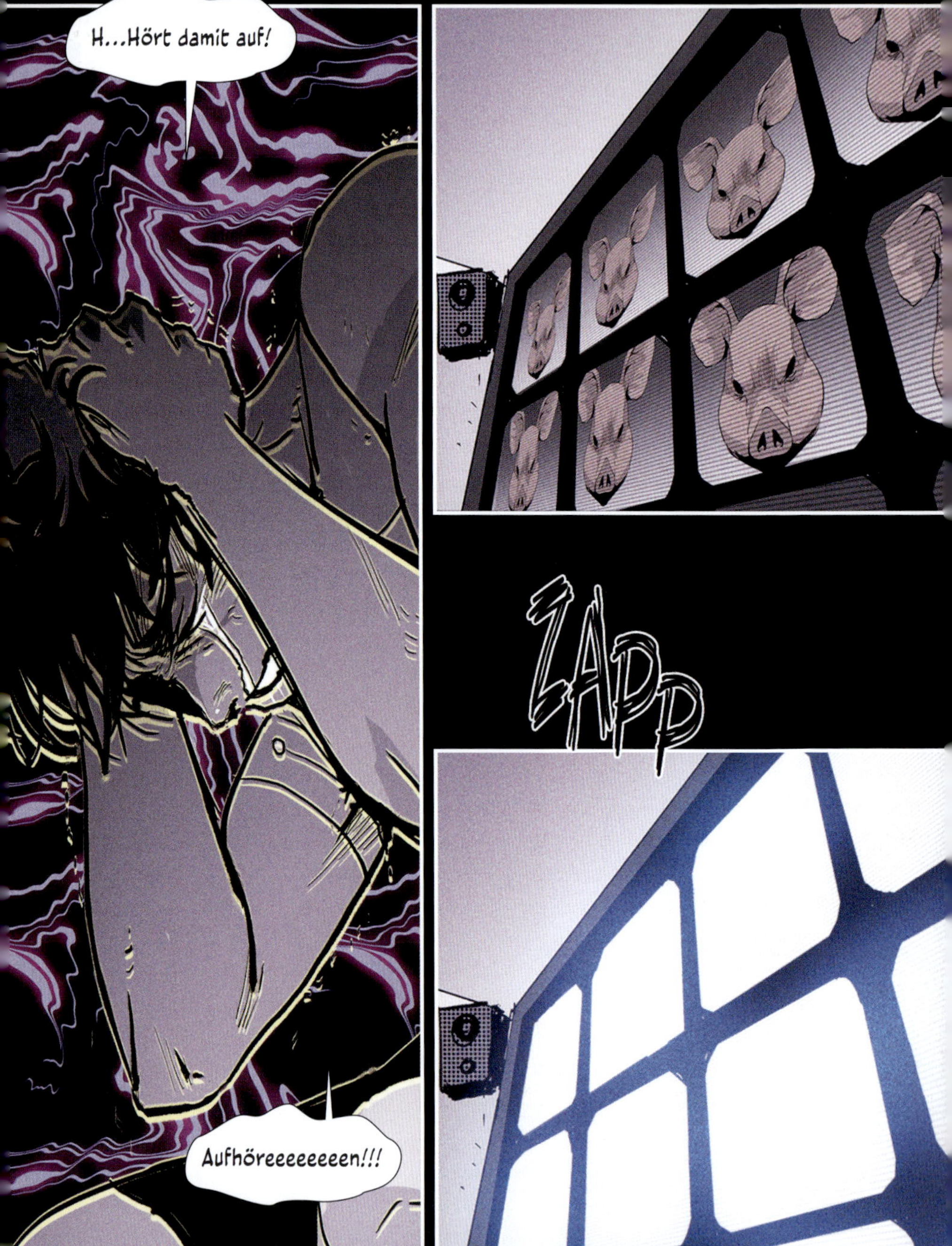
H...Hört damit auf!
Aufhöreeeeeeeen!!!
ZAPP

Erinnerst du dich wenigstens...
... an mein Gesicht?

Du hast mich...
... schließlich auf dem Gewissen.
KLACK
!!!
Du fürchtest dic
vor der Dunkelhe
nicht wahr?

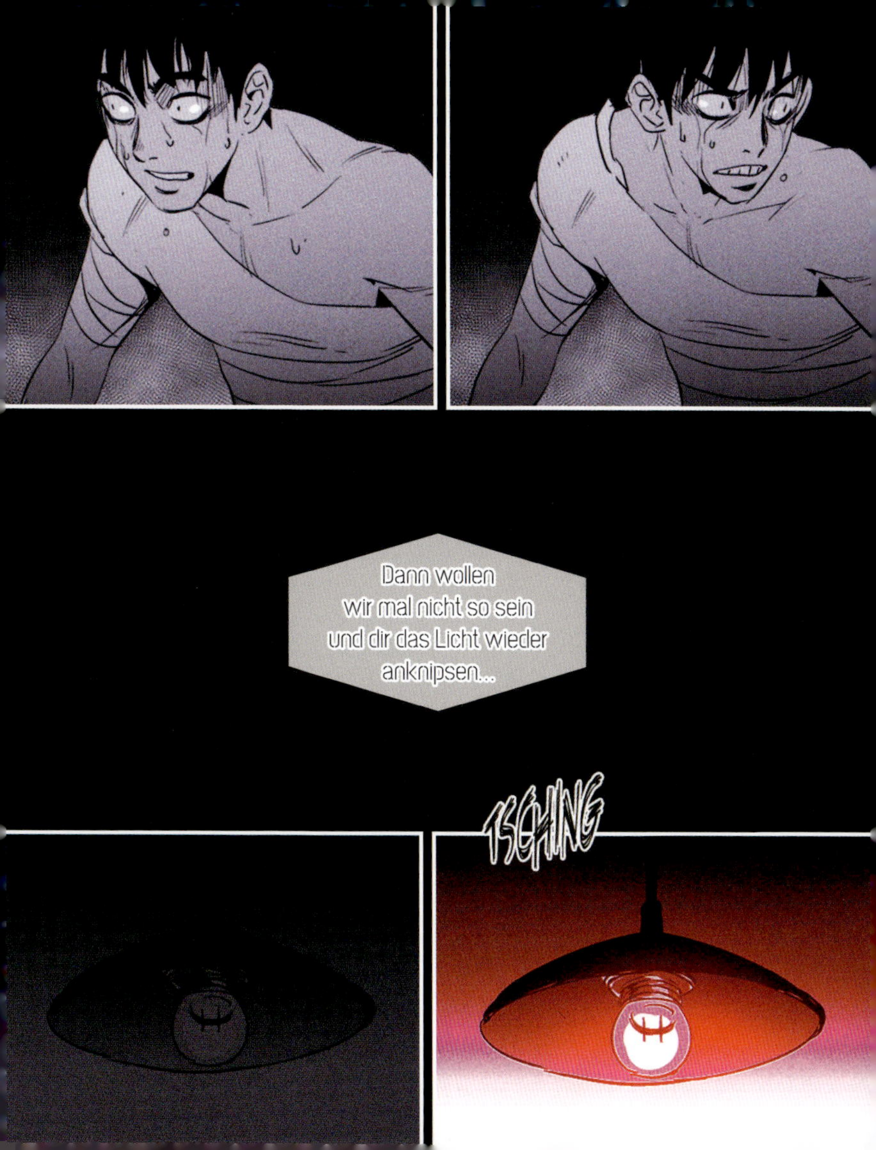
Dann wollen wir mal nicht so sein und dir das Licht wieder anknipsen...
TSCHING

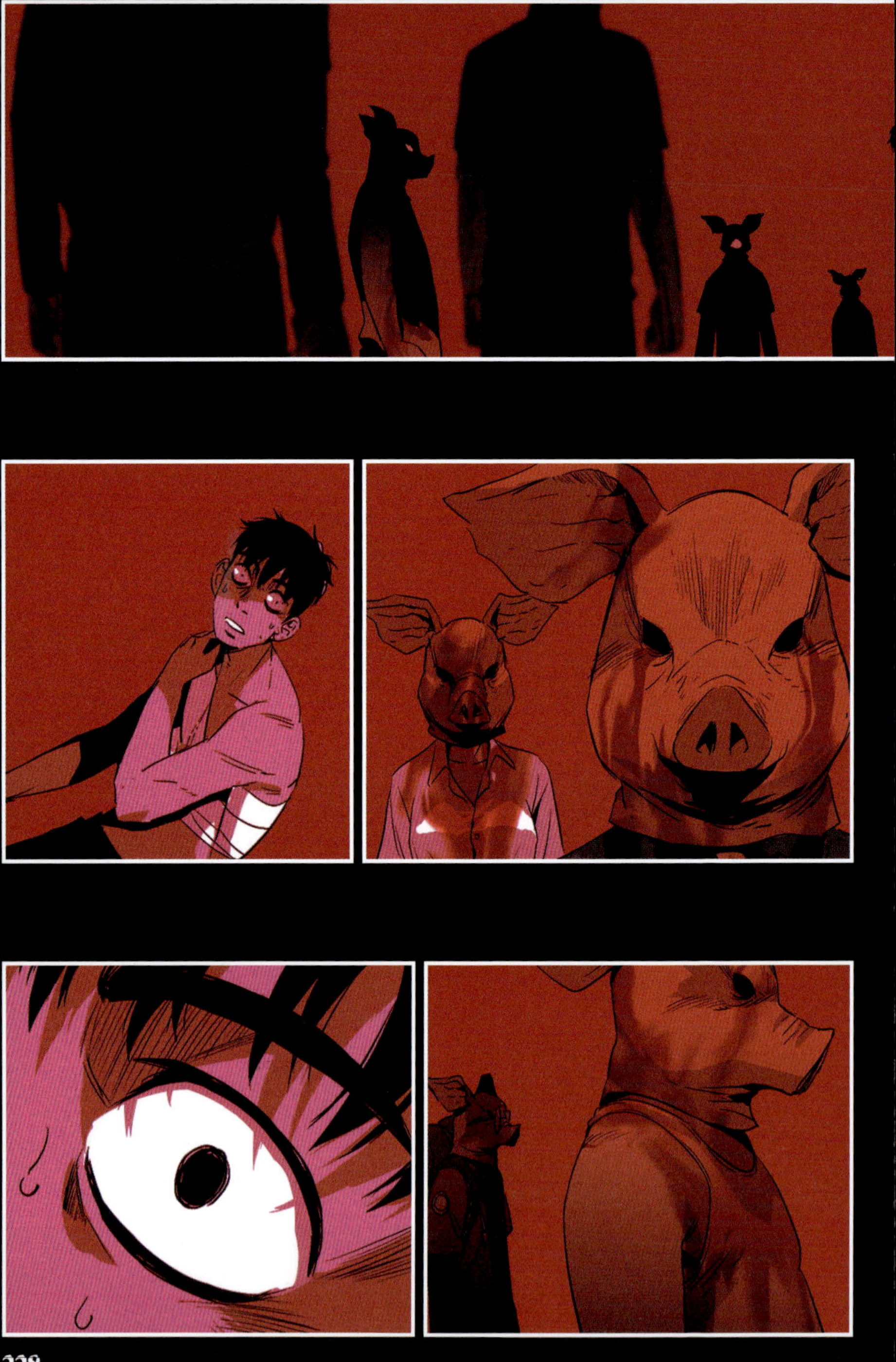

RUMMS

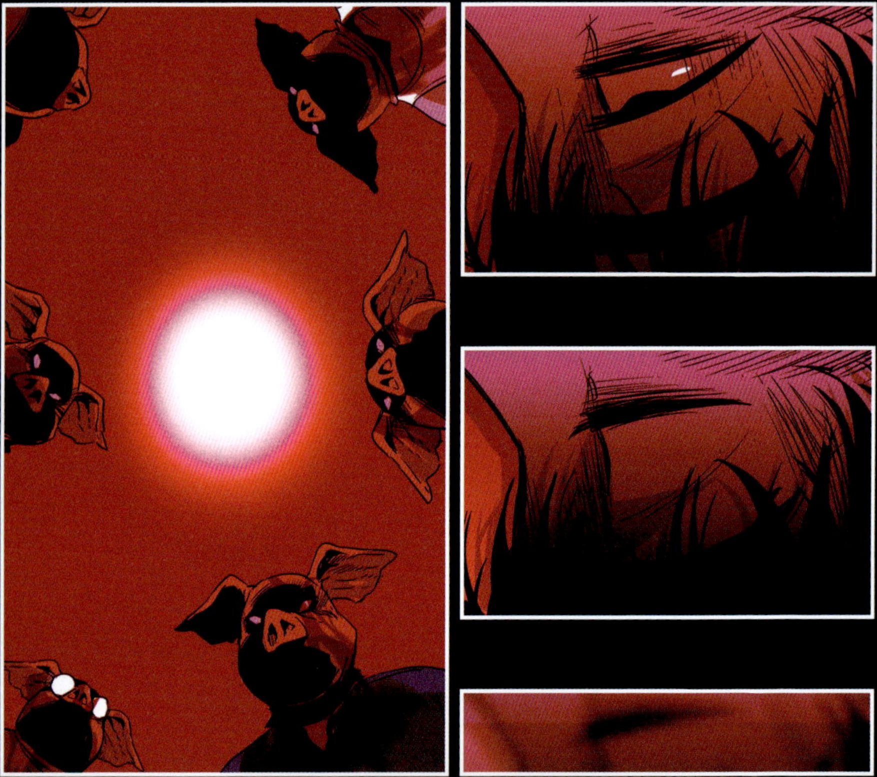

So...
Ich mache euch mal bekannt.
Das ist die Familie, die sich eine Zeit lang um dich kümmern wird.
Guten Tag...
VERBEUG
Och...
Was für ein gut erzogenes Kerlchen.
Komm du auch schnell her und stell dich vor, mein Schatz!
Hier ist ein gleichaltriger Freund für dich.
...
Genau!
So ist es recht.
TAPP TAPP

SST
Hallo...
Ich heiße...
... Jinu.

Mein Name ist...
... Jinhyeok.
Schön, dass du bei uns bist...
... Jinhyeok.

Ich bin mir sicher, dass wir alle gut miteinander auskommen werden.
Unser Jinu wird sich jetzt auch nicht mehr langweilen.
Ich bin Minu.
Meld dich bei mir, wenn du etwas brauchst.
Und ich bin die große Schwester Romi.
Freut mich!
Hey, ich bin Yumi.
Herzlich willkommen.

Ich will es haben...
... dieses Schweinchen.

Du verzogenes Balg!
Wie oft soll ich es dir noch sagen?
GROAA
Du sollst nicht anderen Menschen schaden!
Es tut mir leid!
ZITTER
Bist du ein Baby, oder was?
Wieso hörst du nicht...
FLAPP
... auf das, was man dir sagt?!
Wieso...
FUUOOO
... muss ich dir jedes Mal eine Tracht Prügel verpassen?

Na?!
Ich hasse...
die Dunkelheit...
Sag
schon!

Ich will sie haben…
… diese Familie.

Ich verstehe...
Ja, er hat wohl von seinem Vater schweren verbalen Missbrauch...
... und auch Handgreiflichkeiten erfahren.
Das ist wirklich bedauernswert...
... aber gab es dafür eventuell einen Grund?
Der Junge soll seine Mitschüler...
... oft angegriffen haben.
Er sagte...
... seine Klassenkameraden hätten ihn gemobbt.

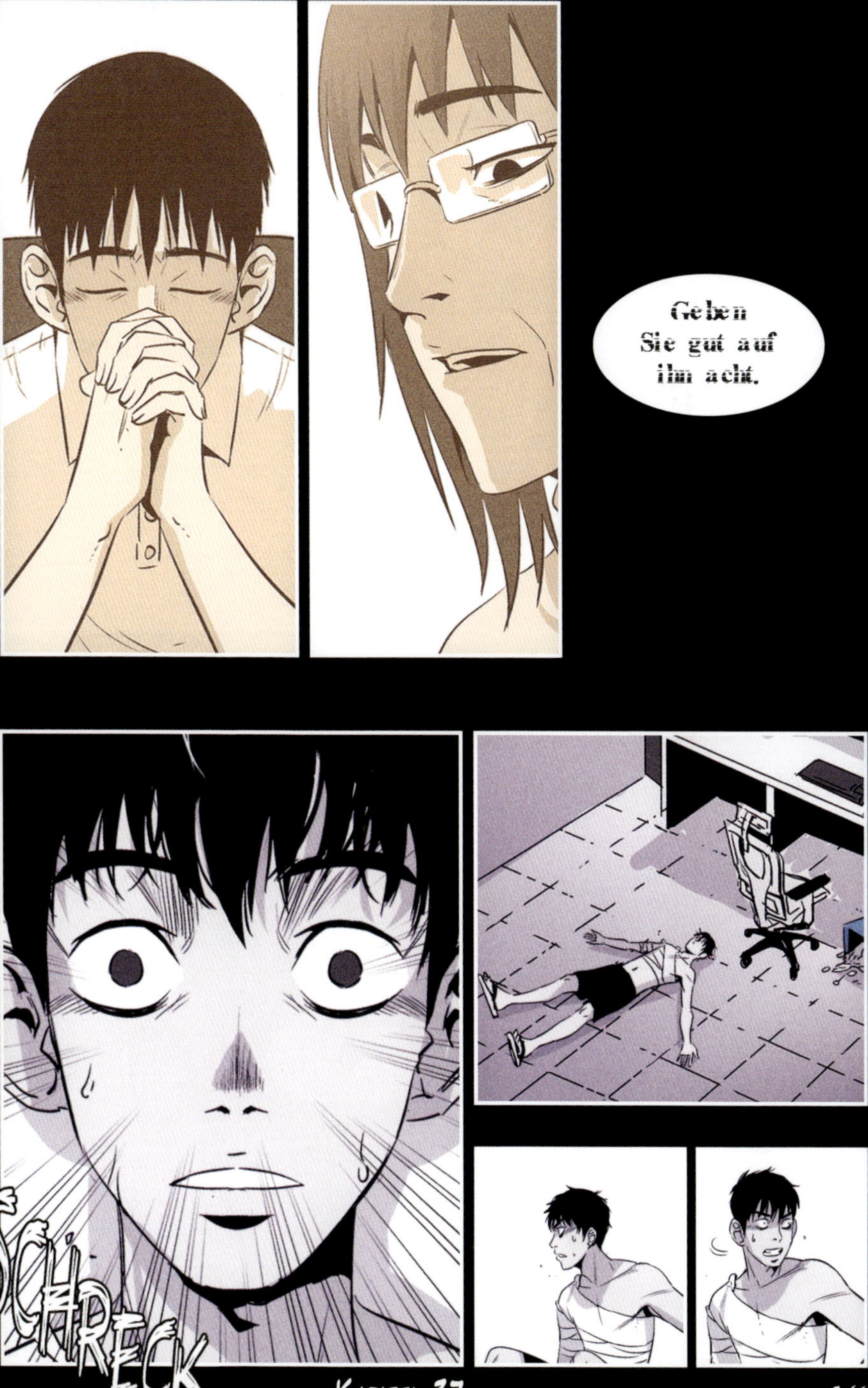
Geben
Sie gut auf
ihn acht.
SCHRECK

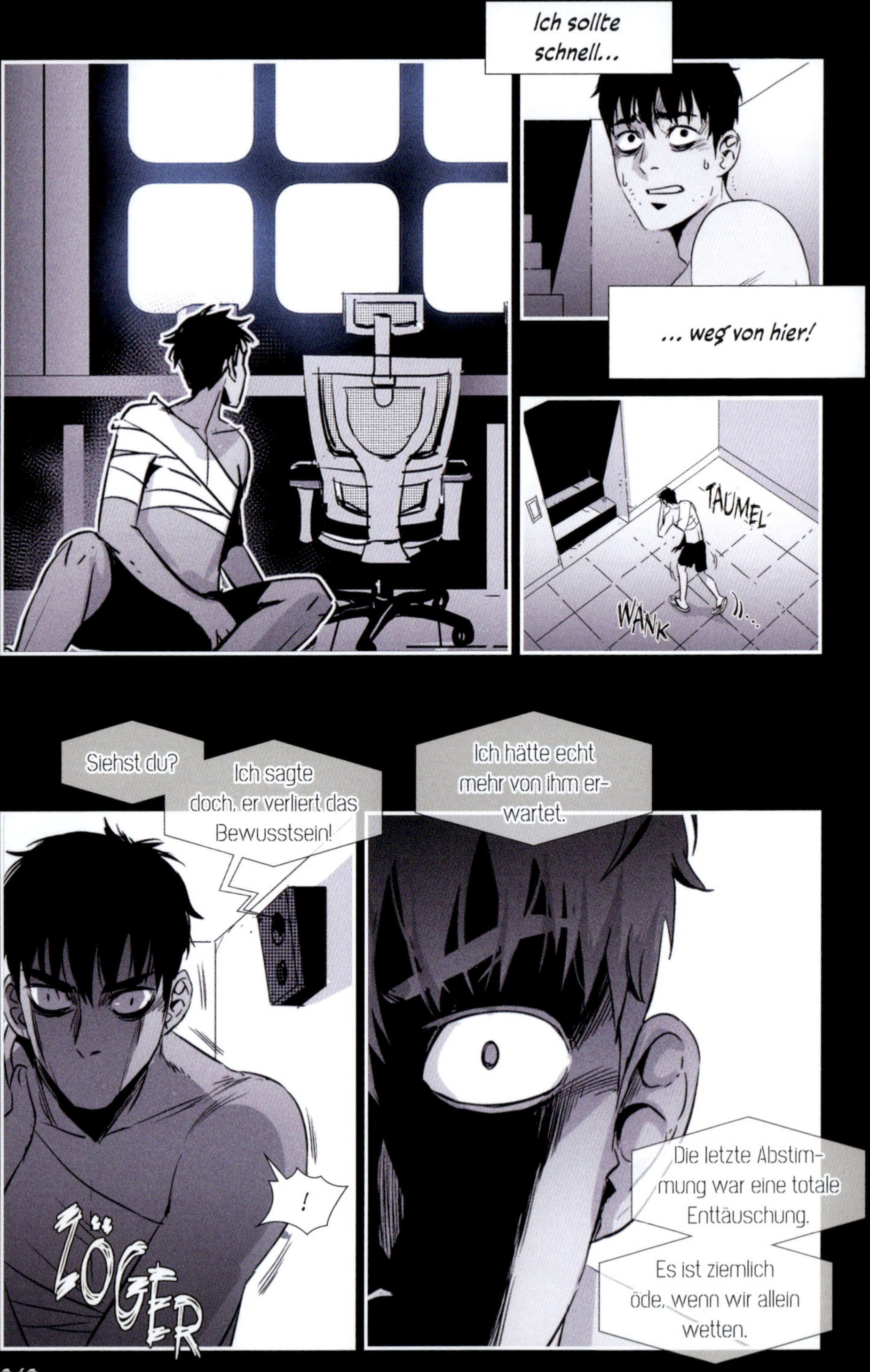

Ich sollte schnell...
... weg von hier!
TAUMEL
WANK
Siehst du?
Ich sagte doch, er verliert das Bewusstsein!
Ich hätte echt mehr von ihm erwartet.
!
ZÖGER
Die letzte Abstimmung war eine totale Enttäuschung.
Es ist ziemlich öde, wenn wir allein wetten.

Haltet eure Klappe!!!
PACK
Hahahaha!!!
RROOMM
Schnauze, ihr beschissenen Pisser!

Haltet eure verdammte...
KWACK
GRP
... Schnauze!!!
Hah...
Ha...
Hah...
Ist das etwa der Preis...
... für meine Sünden?
Verflucht...
Bin ich hier in der Hölle gelandet?

Schuld…
… ist Gift!
Dass ich nicht lache.
Selbst wenn ich in der Hölle bin… Na und?!
Glaubt ihr, dass ich meine Taten bereue?
Das werde ich nicht.
TSWIIING

Ich habe euch getötet, weil ihr es verdient habt!!!
Ihr seid nichts als Müll!
Ihr hattet es verdient zu sterben!!!
Wer gibt euch eigentlich das Recht, mich zu verurteilen?
Zeigt euch doch! Ich bringe euch ein zweites Mal um!
Na kommt schon raus!
Ihr scheiß Feiglinge!

KWANCK
Hach...
Diese süße Ruhe...
Tagesblatt
Tagesblatt
?!

Die Zeitung...
... ist nicht leer wie die anderen Bücher.
Tagesblatt
ZACK
Tagesblatt

Die Hauptstory...
Ehepaar Han & Yoo endgültig geschieden
Tränen bei Pressekonferenz
... ist über so ein beknacktes Ehepaar, das ich nicht kenne?
Tagesblatt
Ehepaar Han & Yoo endgültig geschieden
Tränen bei Pressekonferenz
Status koreanischer Autos
»Unerwarteter Aufschwung der US-amerikanischen Immobilienbranche. Wie schlägt sich Südkorea?«
»Koreanische Autos erreichen internationalen Status. Verbraucher jedoch weiterhin mit dem Service unzufrieden.«
»B.M durch Sicherheitstests gefallen. Sammelklagen der Investoren.«
»Werden sich die Immobilienpreise stabilisieren? Apartments in Gangnam knacken die 10 Milliarden Won-Marke. Kluft zwischen Arm und Reich nimmt weiter zu.«
...
So ein Mist...
TUCK
KNÜLL

Ich sollte mich jetzt wirklich vom Acker machen...
Uaaah!! Die Alte lebt ja noch!
ZÖGER
REC
Wundert dich das?
Das ist doch immer so...
Aber sie wurde noch nie mit der Schrotflinte getroffen, oder doch?
Ach, echt? Also ich habe mir das jetzt nicht alles aufgeschrieben.

Na ja, das Gewehr hat es jedenfalls nicht gebracht.
Stimmt...
Sie lebt noch...
?!
Aber seine Kopfwunde...
... ist noch nicht verheilt?
Wieso?
Du hast es...
... bereits fast geschafft.

Denk nach, Jinhyeok!
Was habe ich da anders gemacht?
Sein Gesicht...
Ich konnte ihm die Angst darin förmlich ablesen!
Davor hat er nie die kleinste Gefühls-regung gezeigt.
Selbst die Schrotflinte konnte ihm nicht das Ge-ringste anhaben.
Aber dieser Moment...
... hat die einzige...
... Ausnahme gebildet.
Was habe ich gemacht, dass es dazu kam?
Diese Familie lässt sich nicht umlegen...

Die sind quasi
unbesiegbar.
Hahahahahaha!
Hahahahahaha!
Hahahahahahahahahahaha!

KWANCK
KNARZ
GRP

Das ist es…
… weswegen der Bastard solche Todesangst hatte.
Bleib, wo du bist.
Diesmal…
… werde ich dich ein für alle Mal ins Jenseits befördern!

SSSCH
SSSCH
GRP
Du mieses Schwein...
Das werde ich mir mal für eine Weile leihen.
HUUUUUU
KAPITEL 38

TAPP
Liebling...
... bleib zurück.
...
ZUCK

Aber nicht doch.
KLICK
Sie sollten zurückbleiben, Mütterchen.
KABOOM
Meine Frau?
TAPP
TAPP
Da fliegt Ihre Frau im hohen Bogen davon...
FWUSCH
... aber Sie scheinen nicht wirklich mitgenommen zu sein.

SST
Ab jetzt antworten Sie auf meine Fragen.
Wenn ich keine befriedigenden Antworten bekomme, dann zerschlage ich ihr den Schädel.
Ich habe Ihnen am Strand doch den Bauch weggepustet…
… nicht wahr?
Sie scheinen…
… wirklich nicht mehr bei Sinnen zu sein.
FUMP

Das war die letzte Warnung.
...
Ich habe Sie mit dem Gewehr er- geschossen...
... und dabei ist der Schuss ganz sicher durch Ihren Bauch durch- gegangen...
... nicht wahr?
Was?
Nein.
Das ist nie passiert.

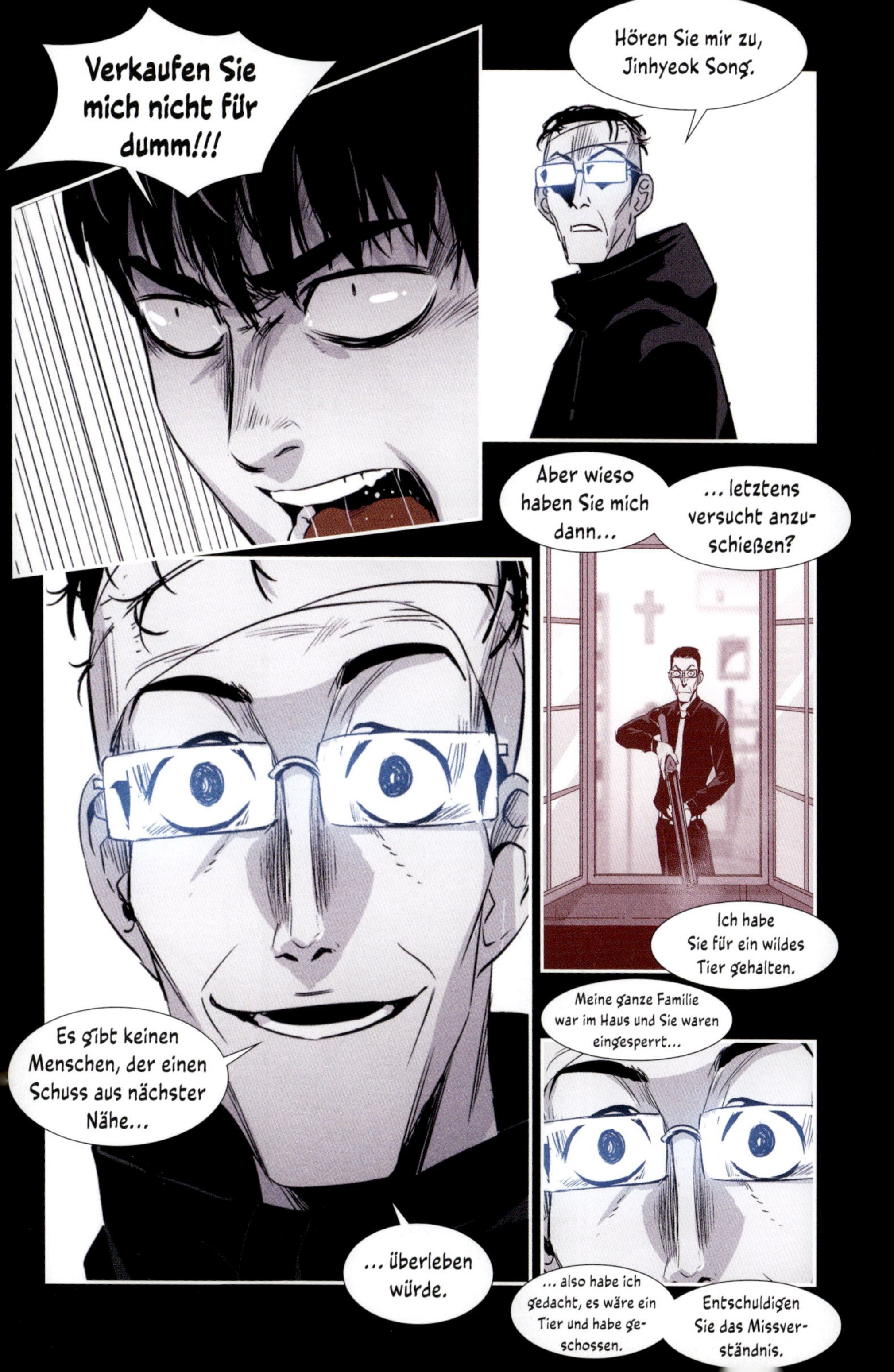

Verkaufen Sie mich nicht für dumm!!!
Hören Sie mir zu, Jinhyeok Song.
Aber wieso haben Sie mich dann...
... letztens versucht anzu-schießen?
Ich habe Sie für ein wildes Tier gehalten.
Meine ganze Familie war im Haus und Sie waren eingesperrt...
... also habe ich gedacht, es wäre ein Tier und habe ge-schossen.
Entschuldigen Sie das Missver-ständnis.
Es gibt keinen Menschen, der einen Schuss aus nächster Nähe...
... überleben würde.

Ich habe auf der ganzen Insel bisher keine wilden Tiere gesehen.
Man sieht sie selten...
... aber es gibt durchaus welche.
Das würde bedeuten...
... dass ich es mir... bloß eingebildet gehabe?
Soll Ihre Frau hier dann auch nur eine Illusion sein?
Wo sehen Sie denn meine Frau?
Sie hat heute Nachmittag für Einkäufe die Insel verlassen.
Aber Ihr Sohn war auch draußen.
Oho...
Ah, verstehe. Dann sehe ich wohl wirklich Geister.
Sie haben sich durch Ihren Unfall am Kopf verletzt. Das passiert dann schon mal.
Nein...
Minu ist zu der Zeit im Haus gewesen.
Habe ich ihr nicht gerade heute Abend zwei Kugeln verpasst?
Halluzinationen und akustische Einbildungen... Das menschliche Gehirn ist nicht so perfekt, wie man denkt.

Nun gut.
Nächste Frage: Wieso habt ihr mich in eurem Keller eingesperrt?
Sie haben doch meine Tochter Yumi angegriffen.
Selbst Taehui sagte, dass Sie ihm wie ein Irrer gefolgt sind…
… und ihm nichts anderes übrigblieb, als Sie zu überwältigen.
Und als wir merkten, wie schlecht Ihr Zustand war, mussten wir Sie vorerst isolieren.
Was ist in den Päckchen drin, die Sie Taehui gegeben haben?
Das sind Schmerzmittel.
Taehui verrichtet schließlich körperlich harte Arbeit.
Wissen Sie die Wahrheit über ihn?
Er ist ein nationaler Popsänger. Meine Frau hat ihn immer sehr…
Nein, das meine ich nicht.
Vom Keller in seiner ütte über den Felsen aus erwacht dieses Arschloch die komplette Insel!
Er hat überall Kameras!
Es gibt keine Hütte über einem Felsen…
… und es ist absolut unmöglich, dass es ohne mein Wissen hier Kameras gibt.
Außerdem ist seine Hütte ganz woanders.
Aber wieso hat Yumi gesagt, dass niemand wüsste, wo Taehui wohnt?
Weil ich es meinen Töchtern nicht gesagt habe!
Sie sind Teenager. Privatsphäre ist in dieser Phase ein sensibles Thema.

Taehui wohnt in unserem Haus in einem geheimen Zimmer.
Und er hat dazu einen unabhängigen Zugang, weswegen die anderen ihm nicht über den Weg laufen.
Wenn Sie mir nicht glauben, kann ich auch Taehui rufen und er wird es Ihnen bestätigen.
Das geht nicht, weil ich ihn vor Kurzem umgebracht habe. Kopf zerschmettert…
Genauso wie meine Frau, die Sie sich hier liegend eingebildet haben?
…
…
Schön.
Dann komme ich zu meiner letzten Frage.
KRATZ
Sie haben mir bis heute nicht Namen und Lage dieser Insel verraten.
Und als wäre das nicht schon genug, haben Sie mich außerdem wie einen Verrückten behandelt.
Haben Sie das gemacht, um zu verhindern, dass ich die Insel verlasse?

Wir sind Mörder…
… genauso wie Sie.
Das macht uns doch zu Kollegen.
Wir haben es die ganze Zeit gewusst.
Dass Sie…
… ein Serienkiller sind.
CLUB
Melting Moon
Romi hat uns davon erzählt.
Sie hat Ihr Fahndungsfoto auf dem Festland gesehen.
Sie haben sich da draußen…
Die Polizei bittet um Ihre Mithilfe!
… einen ganz schönen Ruf aufgebaut.
Sie werden demnach gesucht.
Das werden wir auch.
Deshalb halten wir uns hier versteckt.
SST

Ich habe Ihnen einen Vorschlag zu machen, Jinhyeok Song.
Leben Sie doch einfach gemeinsam hier mit uns.
Es ist schon in Ordnung, wenn Sie nicht so »nützlich« wie Taehui sind.
Tun Sie einfach, wonach Ihnen der Sinn steht.
Und gelegentlich überlassen wir Ihnen einen…
… von den Gästen, die hier ankommen.
Wenn es Ihnen besser geht, haben Sie natürlich auch die Erlaubnis, auf das Festland zu gehen.
HAHAHAHAHA
Vorausgesetzt, dass Sie uns versprechen, wieder zurückzukommen.
Es scheint Ihnen nichts auszumachen…
… dass ich Ihren Schädel fast eingeschlagen habe.

In der Bibel gibt es folgenden Vers:
>>Wenn jemand auf deine rechte Wange schlägt, so biete ihm auch die linke.<<
Das...
... gefällt mir.
WHACK
RUMMS

Hiie... Hiekk!
ZITTER
ZITTER
Diese Insel gefällt mir tatsächlich eigentlich ganz gut.
Es ist ein wirklich sehr schöner und perfekter Ort für mich.
Nun ja, auch wenn er echt verrückt ist.
SRT
SRT
Aaeeiih!!!
Ich wünschte, dass Ihre Worte wahr wären.
ZITTER
Das meine ich ernst.
Aber...
... ich habe nur gesagt, dass ich Sie erschossen habe.
Ich habe nicht von »nächster Nähe« gesprochen.

Aaeeiiiihh!!!
Hören Sie auf!!!
Stopp!!!
Wenn ich dein Gesicht so sehe...
... denke ich, dass ich wohl richtig liege.
»Kollegen«?
Erspar mir diesen Mist.
Und stirb lieber!
WHACK

Ich weiß zwar nicht wieso…
… aber hiermit scheine ich euch endlich zur Strecke bringen zu können!
PFF
PAHA
HAHA
Ihr Versager habt es doch nicht drauf, oder?

BZZZZ
Aaaarrrgh!!!
K...Kopf...
Mein Kopf!!!
SRIECK
Vergiss, was mit deinem Vater passiert ist.
SRIECK
Du gehörst jetzt zu unserer Familie.

Hieeek!!!
Es gibt nichts mehr, wovor du dich fürchten müsstest.
Wer verdammt noch mal ist das?!

Machen Sie es sich...
... einfach bequem hier.
Okay...
Vielen lieben Dank.

WUMM
Hah... Ha...
Hah...
Haah...
Beruhige dich!
PACK
Komm runter, Jinhyeok!
Jinhyeok, wenn du dich unruhig fühlst...
... dann lege deine Hand auf die Brust und atme tief ein und aus.
Was zum Teufel?! Wieso...
Wieso kommen mir die Tränen?
HAH
Wer...
HAH
... bist du? Ich habe keinen blassen Schimmer, wer du bist...

SST
SSSCH
Als ich mein Handy durchsuchte…
… sind die Erinnerungen an meine Vergangenheit zurückgekehrt.
Ich weiß jetzt wieder…
… dass ich ein Serienmörder bin.
Aber ich kann mich anscheinend…
… immer noch nicht an alles erinnern.
Was ist geschehen…
… bevor ich zu einem Killer wurde?

Wer war ich?
Jinu!
Ja?

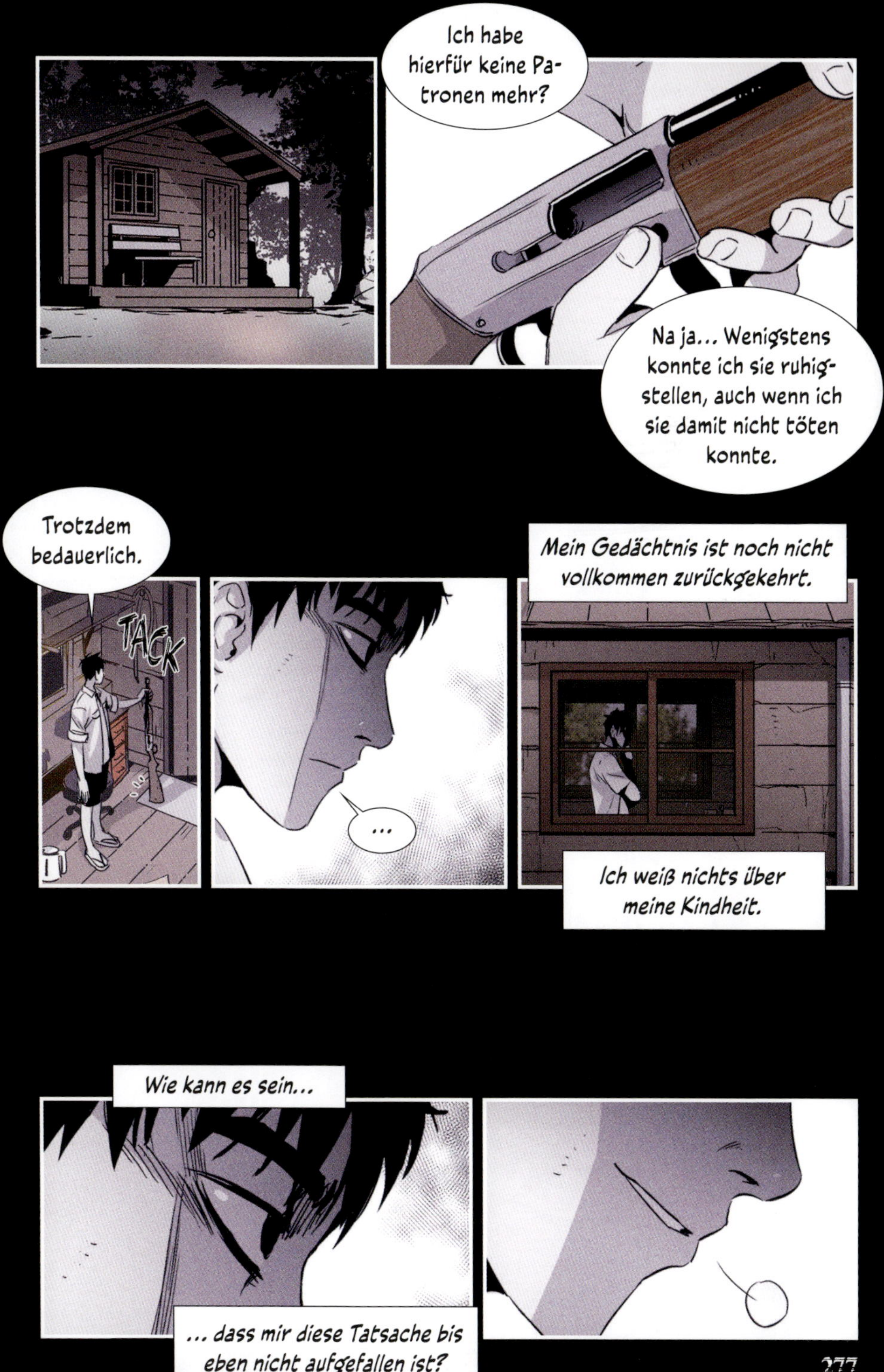

Ich habe hierfür keine Patronen mehr?
Na ja… Wenigstens konnte ich sie ruhigstellen, auch wenn ich sie damit nicht töten konnte.
Trotzdem bedauerlich.
TACK
…
Mein Gedächtnis ist noch nicht vollkommen zurückgekehrt.
Ich weiß nichts über meine Kindheit.
Wie kann es sein…
… dass mir diese Tatsache bis eben nicht aufgefallen ist?

Was soll's.
Die Erinnerungen werden schon bald zurückkommen.
KNARZ
KLACK
KLATSCH
Sieh mal einer an, Mütterchen.
So hat sich die Lage geändert…
… nicht wahr?
…
Wo bin ich hier?
Spielen Sie schon wieder die Unwissende?
Ihr Mann hat sogar so getan, als würden Sie gerade gar nicht auf der Insel sein.
Daher habe ich ihm hiermit den Schädel zertrümmert.
Sie sind ohne ihn eh viel besser dran.
Habe ich das nicht gut gemacht?
Aaa-aaaah!!!
RUMPEL
RUMPEL
Das hier habe ich mir auch geschnappt!
Keine Sorge, ich finde eine gute Verwendung dafür.

Was zur Hölle seid ihr?
Also gut.
Ich habe ein paar Fragen an Sie…
Geister?
Zombies?
Vampire?
Oder vielleicht Außer-irdische?
Sie haben wirklich nicht mehr alle Tassen im Schrank!
Ich werde mich nun aufma-chen…
Okay, dann gehen wir das Ganze mal etwas langsamer an…
FWIP
!!!
… und mir Ihre niedlichen Kinderchen vorknüpfen.

Sie bleiben so lange hier sitzen...
... und gucken sich ganz machtlos das Spektakel an.
Dann schauen wir mal...
REC
Minu scheint wohl gerade zum Baumhaus zu gehen.
Da ist einer.
Och, Gottchen... Dann wird er es ja sehen.
Eins...
Zwei...
Drei...

Überraschung!

Sie werden es...
... bereuen...
Das werden Sie bereuen...
Wie bitte?
Sie haben uns...

... nun endgültig...
... wütend gemacht.
FWUSCH
Ach ja?

SSSCHWA
FUMP
KLANG
Wissen Sie was?

WHACK

Ich war von Anfang an...
... rasend vor Wut.

LÖS
KLANG
HUUUUU
KAPITEL 40
RASCHEL
RASCHEL

WHACK
RUMMS
Stirb!
WHACK
Verreck schon!
WHACK
WHACK
FUMP
Komm schon! Kratz ab!
WHACK
WHACK

TROPF
TROPF
Hah... Hah...
Gut so...
FWUSCH
Endlich ist der Scheißkerl beseitigt!
Er ist endgültig weg! Juhuuuu!!!!
SST

GWAACK
Ich...
... werde dich töten.
Ich werde dich am Genick aufhängen und dir beim Verrotten zusehen.
WÜRG
Wie kann das sein?!
Das ist doch unmöglich...
Wieso ist er nicht tot?!
ZUPP
PAAAMM

Agh!
TAUMEL
Nngh!!!
STOLPER
STOLPER
GROMP
Scheiße!
Der Schlag war wohl nicht kräftig genug...
SST
HUUUUU
Huh?

FUMP
KRACK
Was zum...?!
Wieso ist der Mistkerl so schnell?
FWUSCH
PACK

KKRR
PAAAMM
FUUUOOO

Nein! Bleib bei dir...
So darf ich nicht untergehen!
Auf einer unbekannten Insel...
... von fremden Spinnern ermordet zu werden...
... passt mir gar nicht in den Kram!!!
FUMP

KRACK
Du willst mich umbringen?
Ich werde mich nicht leicht geschlagen geben!
Hayaaaaaah!!!
SST
FUMM
FUMM

FLAPP
Akh...
Ngh...
Stirb...
Stirb...
Stirb...
Stirb...
Stirb...
Stirb...
Stirb...

Stirb...
Stirb...
Stirb...
Sti...
ZITTER
ZITTER
FWUSCH

GWACK
GWACK
Aaaaaagh!!!
PRESS

RUMMS
Nein…
Du bist der,
der stirbt…
Hah…
Ha…
Hah…
?!
BZZZZ
Aaargh!!!
KRÜMM
KRÜMM
Haaargh!!!

Guck genau zu.
Der Master hat auf dem gesamten Spielfeld wahllos fünf Karten versteckt.
Die Aufgabe der Spieler ist es, die Karten auf dem Spielfeld zu finden.

Wenn du die Ziffern auf der Vorderseite der Karten miteinander kombinierst...
... kannst du damit den Safe öffnen und bekommst den transparenten Filter.
Wenn du diesen Filter auf die Rückseiten der Karten legst...
... offenbaren sich nach und nach...
... die Namen der Verdächtigen.
VERDÄCHTIGE
Professor
MORRIS
Der Verdächtige auf dieser Karte ist »Professor Morris«!
Was? Du willst es zusammen mit Jinu spielen?
Na gut, ich könnte es dir vermutlich mal ausleihen...

Ich denke darüber nach...
... wenn du mir im Gegenzug bei der Arbeit hilfst.

Klar...
Gerne doch.
HAH
HAH
Das war wieder dieser Kopfschmerz, gefolgt von den Kindheitserinnerungen...
Ist dieser Typ...
... dieses Mal etwa...
... wirklich tot?
Die Eisenstange...
... und die Kette...

?!
Bedeutet das etwa...
TAPP
3
6

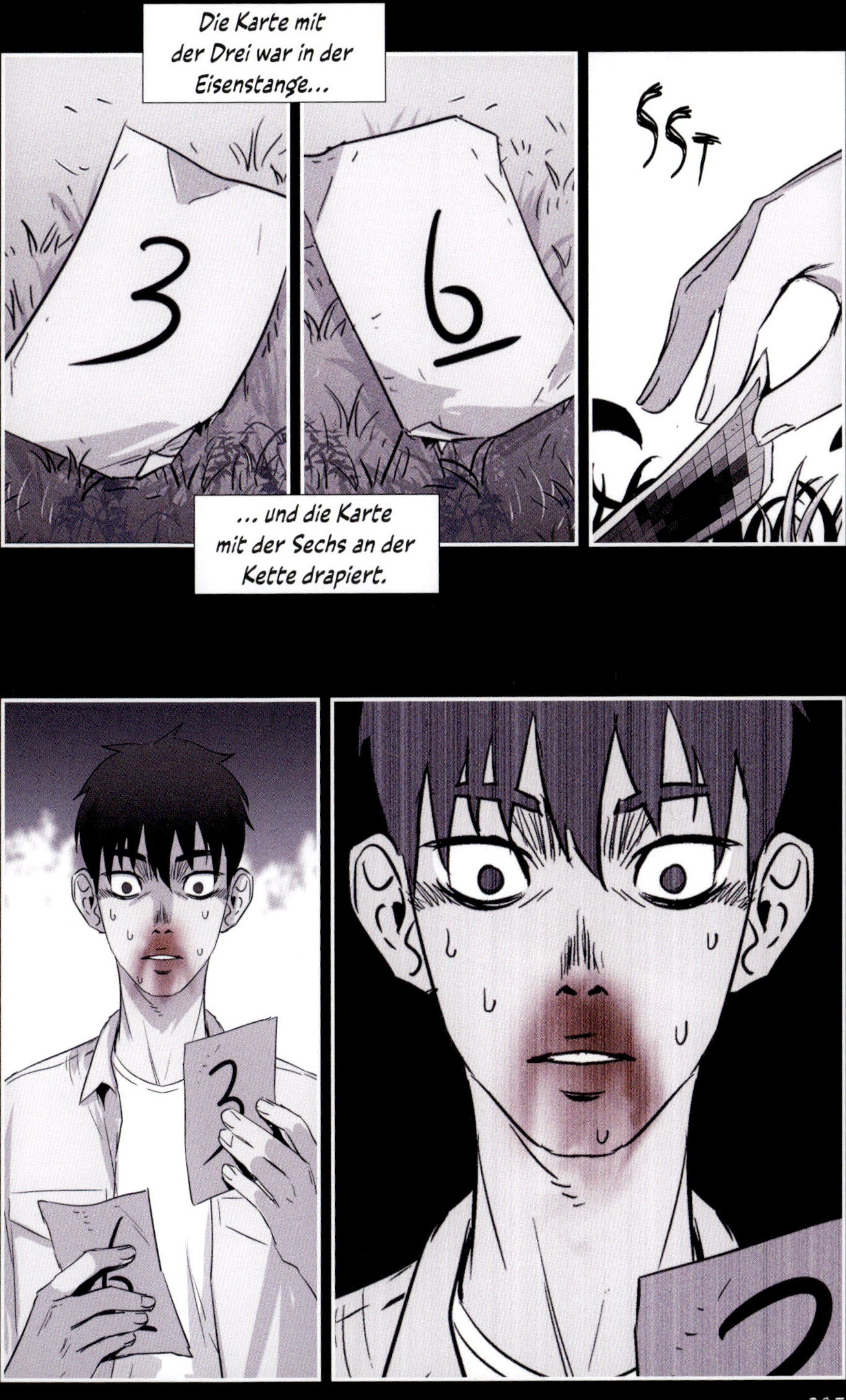

Die Karte mit der Drei war in der Eisenstange...
3
6
SST
... und die Karte mit der Sechs an der Kette drapiert.

Was geht hier vor?
Bin ich...
... in einem Albtraum gefangen?

Und was sind das für...
... merkwürdige Gefühle?
Wieso...
... muss ich weinen?
Wer sind...
... diese Leute?!
TAPP
TAPP
!
TAPP
TAPP

Kapitel 41

HAH
HAH
Je mehr ich versuche, es zu begreifen, desto tiefer gerate ich in ihr Netz.
Gesunder Menschenverstand bringt mich an diesem Ort nicht weiter.
Ob ich in einem Albtraum oder in der Hölle gelandet bin...
DUDUN
DUDUN
... spielt keine Rolle.
Ich muss diese Familie umbringen.
Das ist das Einzige, was zählt.

Die Gegenstände, bei denen ich die Fotos gefunden habe...
Es bleiben jetzt noch die Dartpfeile...
... das Notebook...
... und der Briefkasten übrig.
... sind die Waffen, womit ich sie zur Strecke bringen kann.
POST

Ich muss diese Dinge…
… schleunigst auftreiben.
LINS
REC

Sie kommen mit leeren Händen...
... aus dem Baumhaus heraus.
Dann sollten sich...
... die Dartpfeile noch da drin befinden.
Ich sollte mich schnell reinstehlen...
... und sie an mich nehmen.
RASCHEL
RASCHEL
RASCHEL
RASCHEL

Huh?
Was ist?
!!!
Das eben...
Hast du das nicht gehört?
Was denn?
TAPP
TAPP
TAPP
TAPP

Aber hier
ist nichts.
Echt?
Merkwürdig...

Yumi...
... lass uns mit der Suche nach dem Kerl erst einmal aufhören...
... und uns um Papa und Minu kümmern, okay?
Geh nach Hause und bring etwas, womit wir sie tragen können.
Allein?
Wieso? Hast du etwa Angst?
Wenn du dich fürchtest...
... soll ich dann mitkommen?
Pass auf dich auf, Sis.
Machst du dir etwa Sorgen um mich?
Halt die Schnauze, du Ziege!
TAPP
TAPP

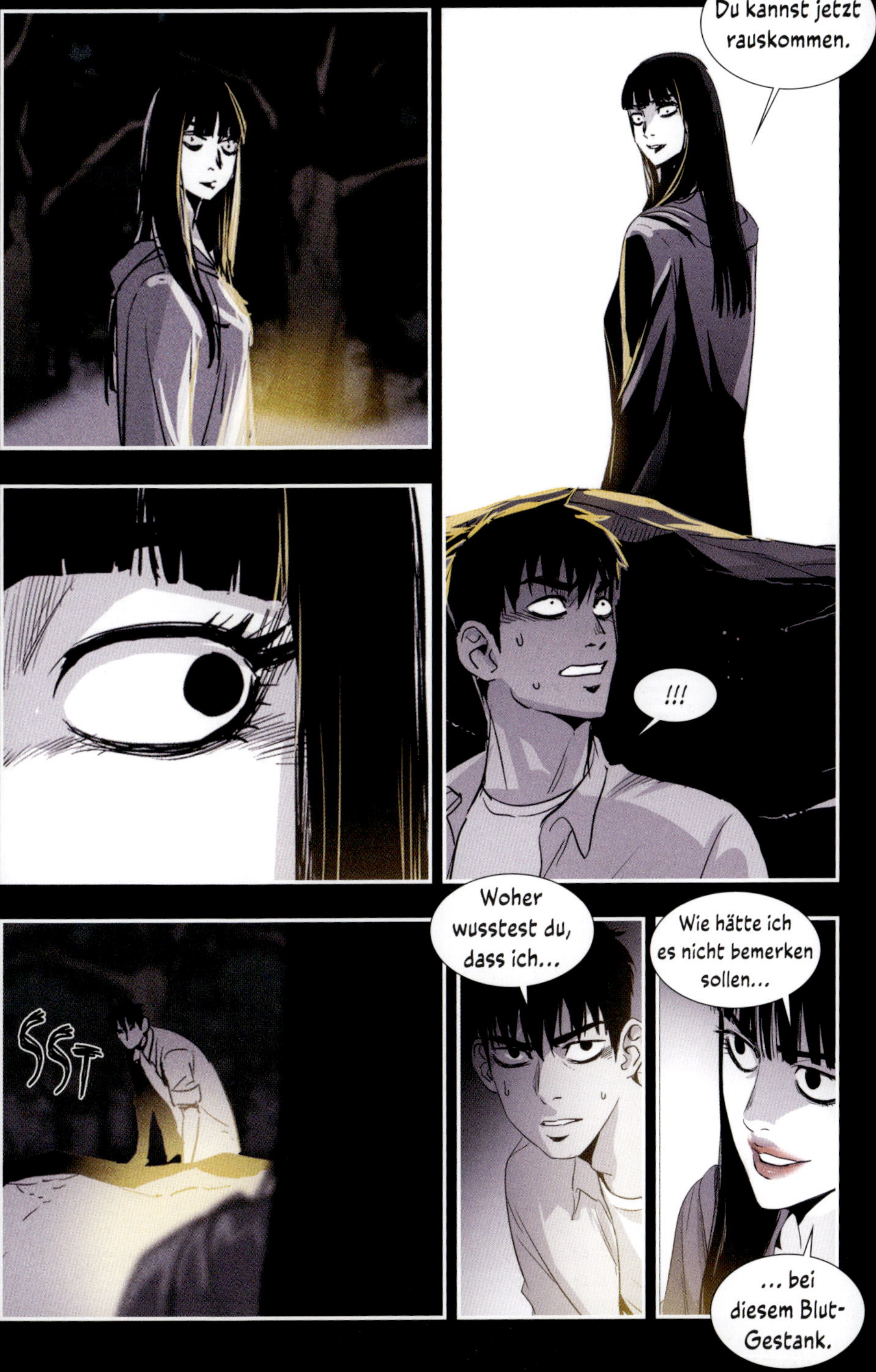
Du kannst jetzt rauskommen.
!!!
SST
Woher wusstest du, dass ich...
Wie hätte ich es nicht bemerken sollen...
... bei diesem Blut-Gestank.

Was willst du mir damit sagen?
Das sollte bloß ein Kompliment sein.
Was?
Du hast gute Arbeit geleistet.
Wir sollten uns beeilen, bevor Yumi zurückkommt.
Wollen wir... zurück zum Baumhaus gehen und ein wenig plaudern?

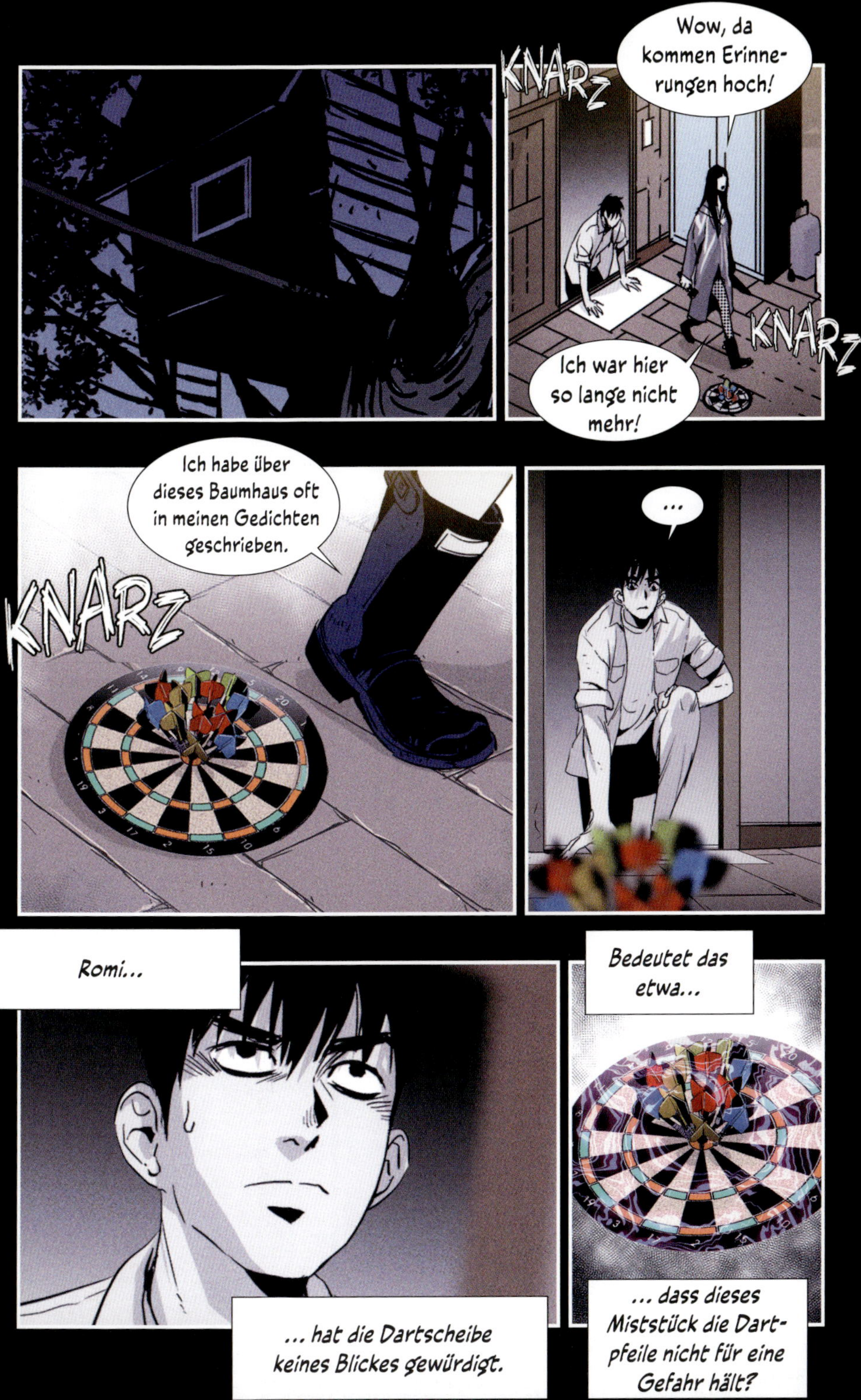
KNARZ
Wow, da kommen Erinne-rungen hoch!
KNARZ
Ich war hier so lange nicht mehr!
Ich habe über dieses Baumhaus oft in meinen Gedichten geschrieben.
KNARZ
...
Romi...
... hat die Dartscheibe keines Blickes gewürdigt.
Bedeutet das etwa...
... dass dieses Miststück die Dart-pfeile nicht für eine Gefahr hält?

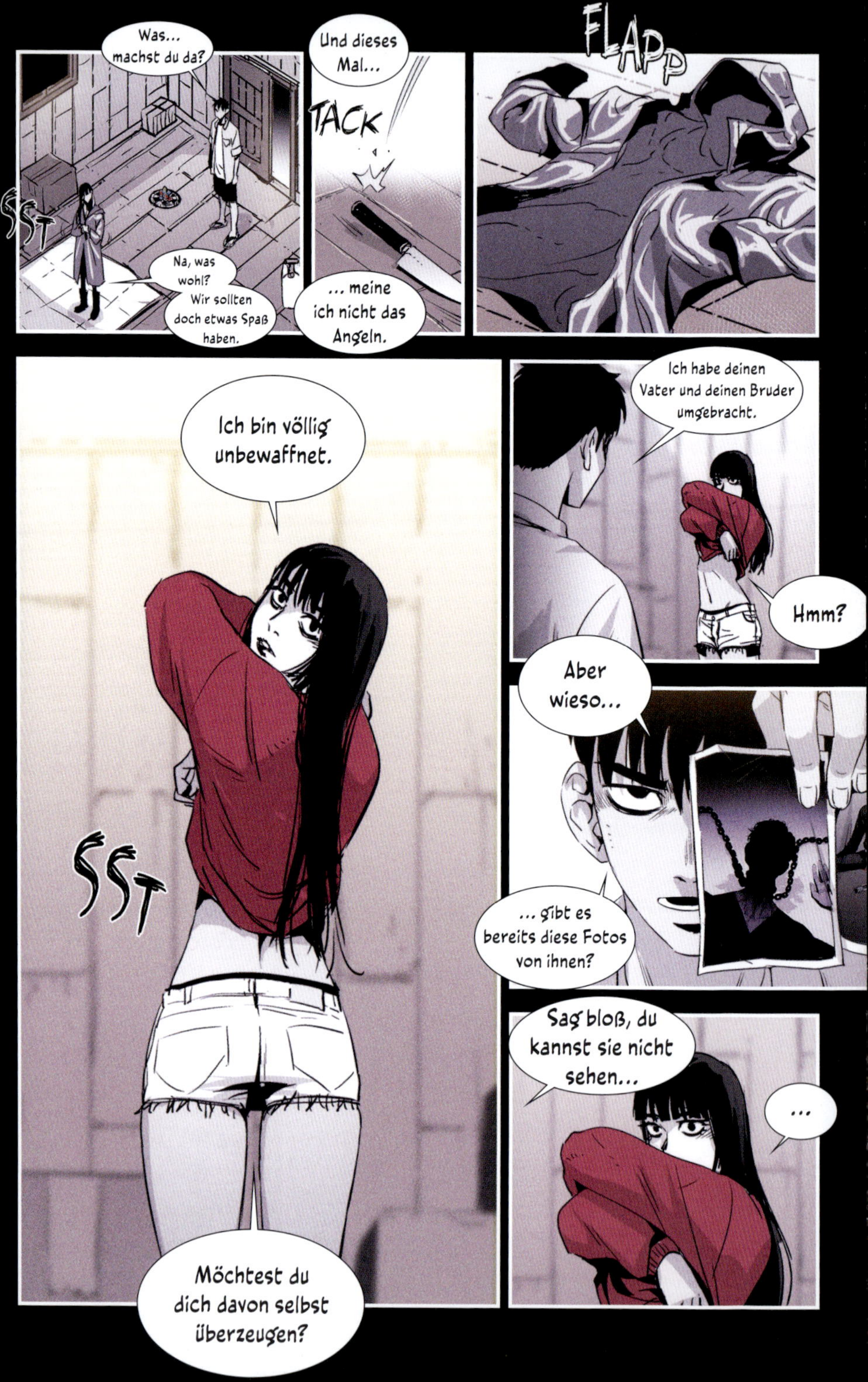
Was... machst du da?
SST
Na, was wohl? Wir sollten doch etwas Spaß haben.
Und dieses Mal...
TACK
... meine ich nicht das Angeln.
FLAPP
Ich bin völlig unbewaffnet.
SST
Möchtest du dich davon selbst überzeugen?
Ich habe deinen Vater und deinen Bruder umgebracht.
Hmm?
Aber wieso...
... gibt es bereits diese Fotos von ihnen?
Sag bloß, du kannst sie nicht sehen...
...

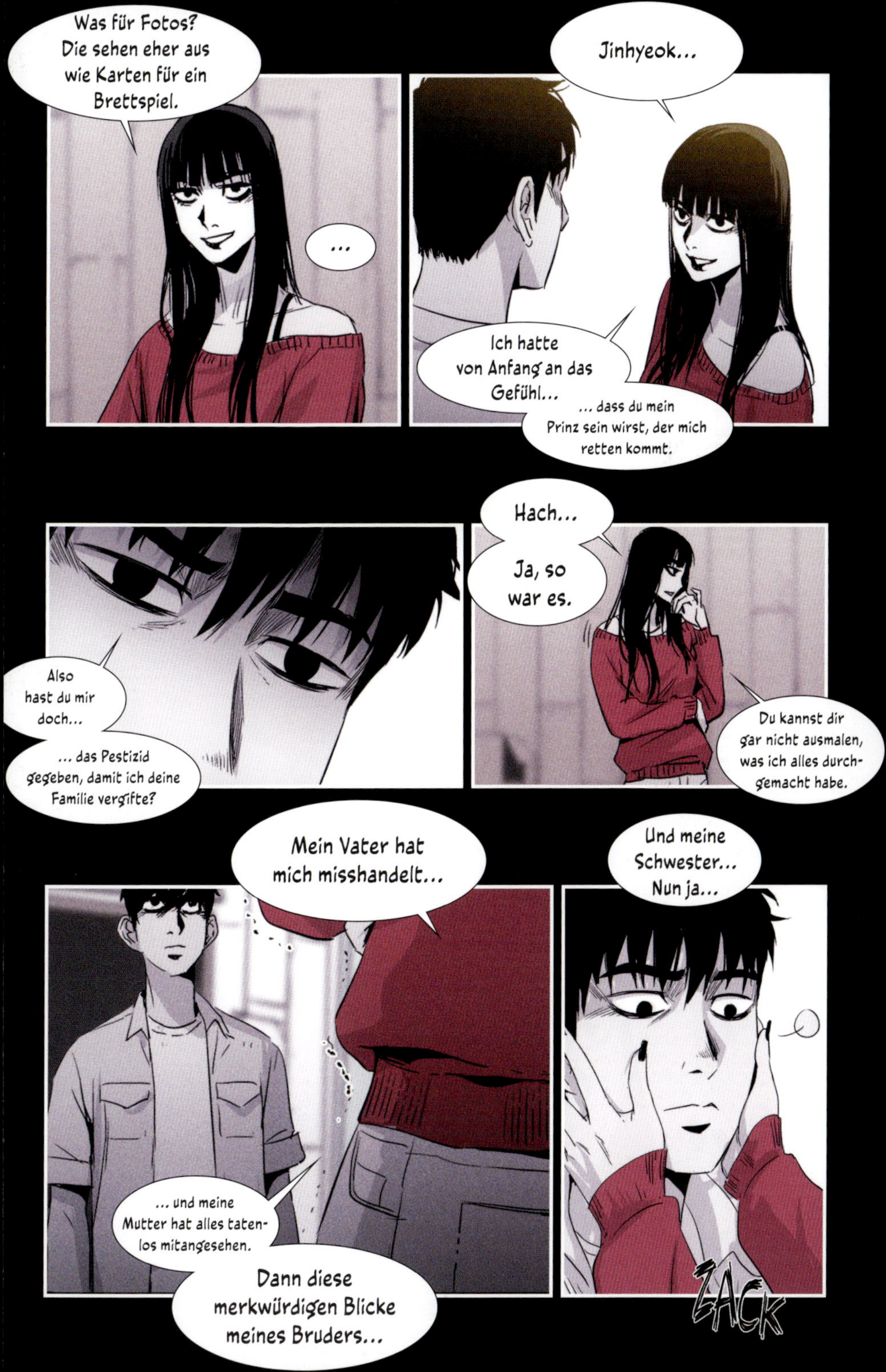

Was für Fotos? Die sehen eher aus wie Karten für ein Brettspiel.
...
Jinhyeok...
Ich hatte von Anfang an das Gefühl...
... dass du mein Prinz sein wirst, der mich retten kommt.
Also hast du mir doch...
... das Pestizid gegeben, damit ich deine Familie vergifte?
Hach...
Ja, so war es.
Du kannst dir gar nicht ausmalen, was ich alles durchgemacht habe.
Mein Vater hat mich misshandelt...
... und meine Mutter hat alles tatenlos mitangesehen.
Dann diese merkwürdigen Blicke meines Bruders...
Und meine Schwester... Nun ja...
ZACK

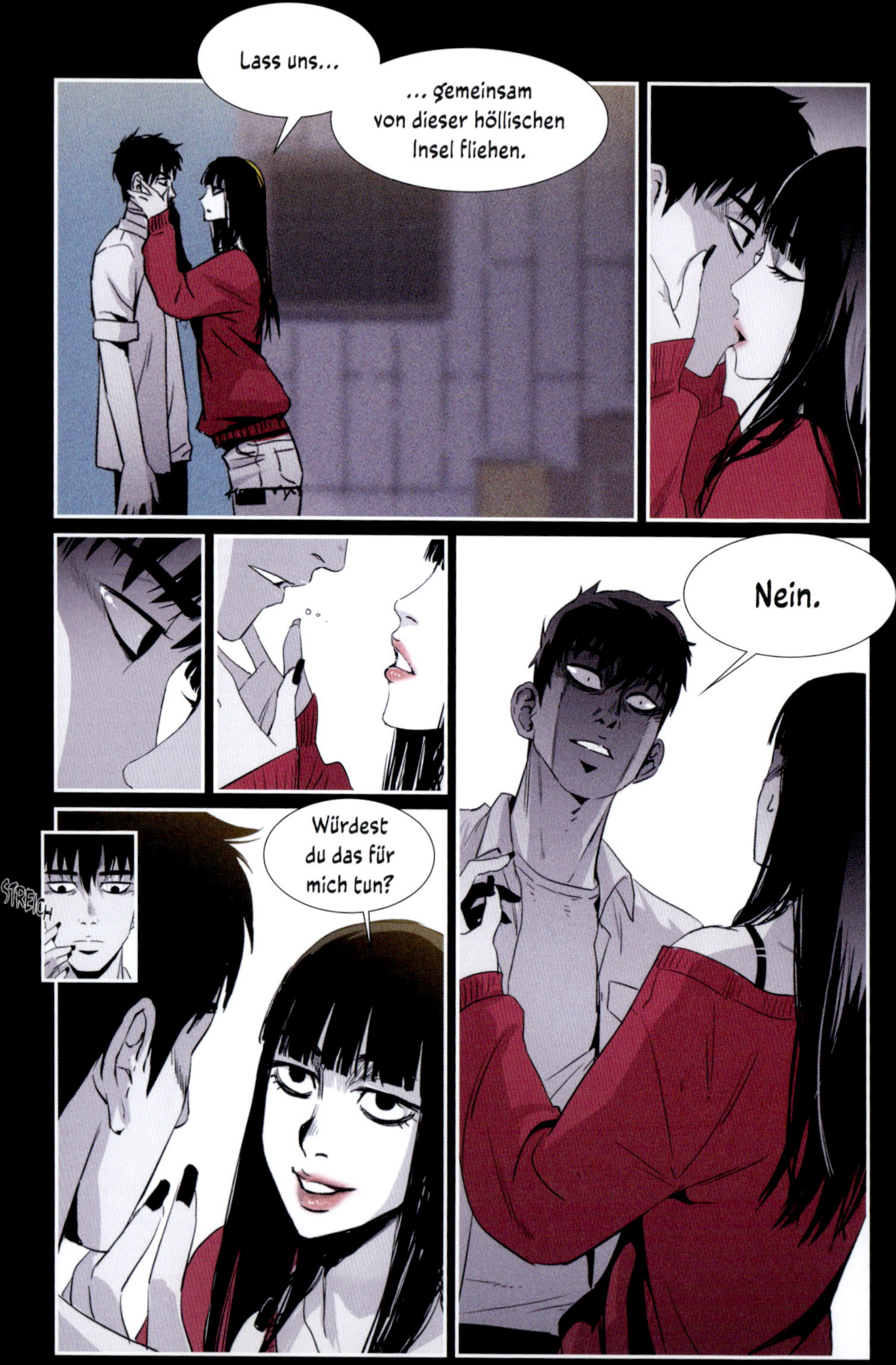
Lass uns...
... gemeinsam von dieser höllischen Insel fliehen.
Nein.
STREICH
Würdest du das für mich tun?

FUMP
RUMMS
Aaagh!
FWIP
Deiner Reaktion nach zu urteilen...
... scheine ich die richtigen Schlüsse gezogen zu haben.
SRT
Für die Sache mit der Waschmaschine kann ich noch ein Auge zudrücken, aber du wirst dafür bezahlen, dass du das Licht ausgemacht hast.
Wie du die Dartscheibe eben komplett ignoriert hast...
SRT
W...Warte! Warte!
Mir tut leid, was im Keller passiert ist!
Ich hatte keine Wahl, weil die anderen mich beobachtet haben!!!
GREIF
Wirklich ganz großes Kino!

RUMMS
POCK
Ich konnte mein Versprechen nicht halten...
Dass ich...
... mir deinen Tod für den Schluss aufbewahre.

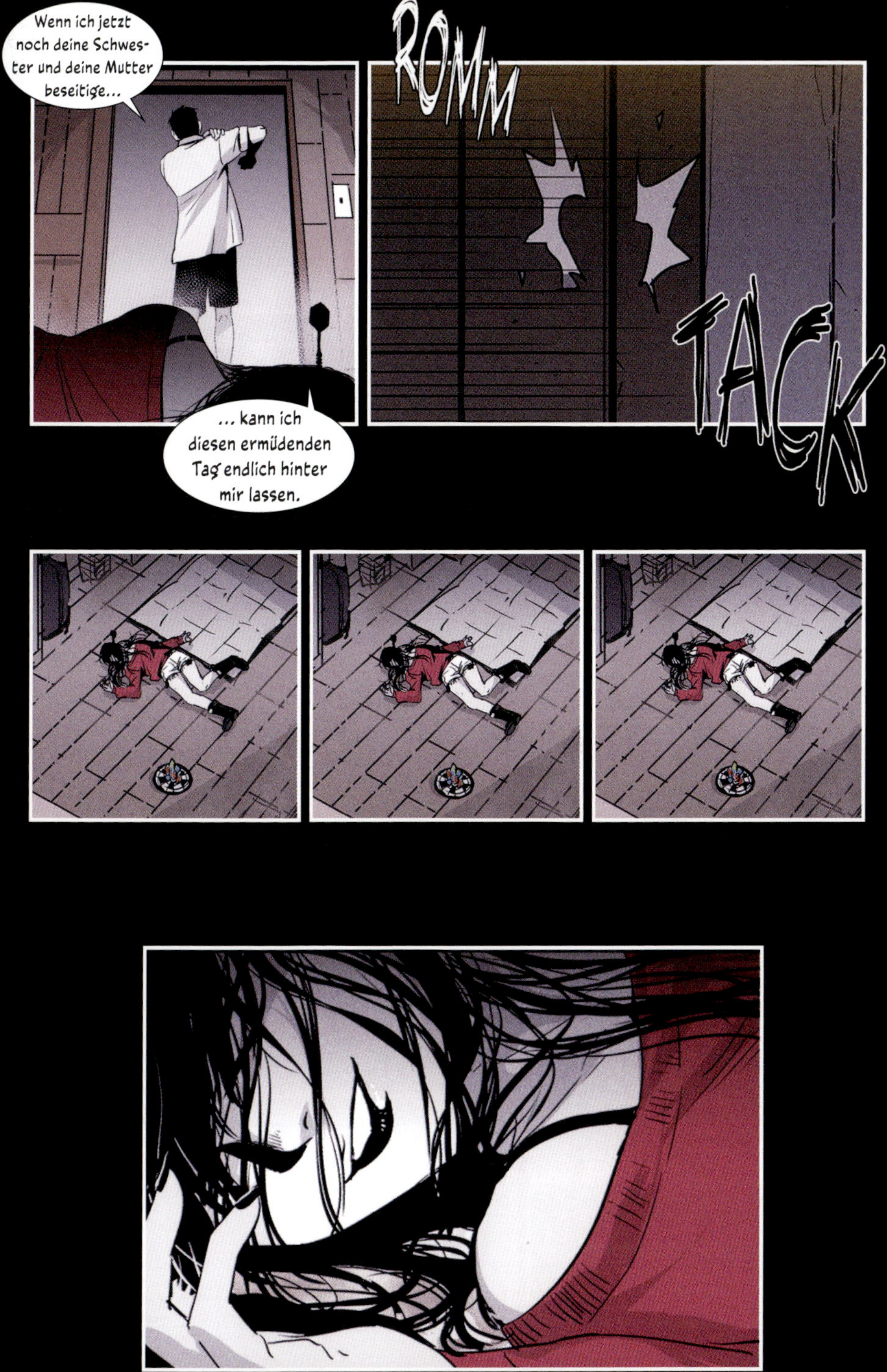
Wenn ich jetzt noch deine Schwester und deine Mutter beseitige…
ROMM
TACK
… kann ich diesen ermüdenden Tag endlich hinter mir lassen.

Kapitel 42

KLACK
!!!
Die Pixel vom Foto...
... wurden bisher auch nicht schärfer.
Aber irgendetwas ist merkwürdig.
Ich habe nämlich gar keine Kopfschmerzen.
Du...
... bist ganz schön auf Zack, was?
GRP

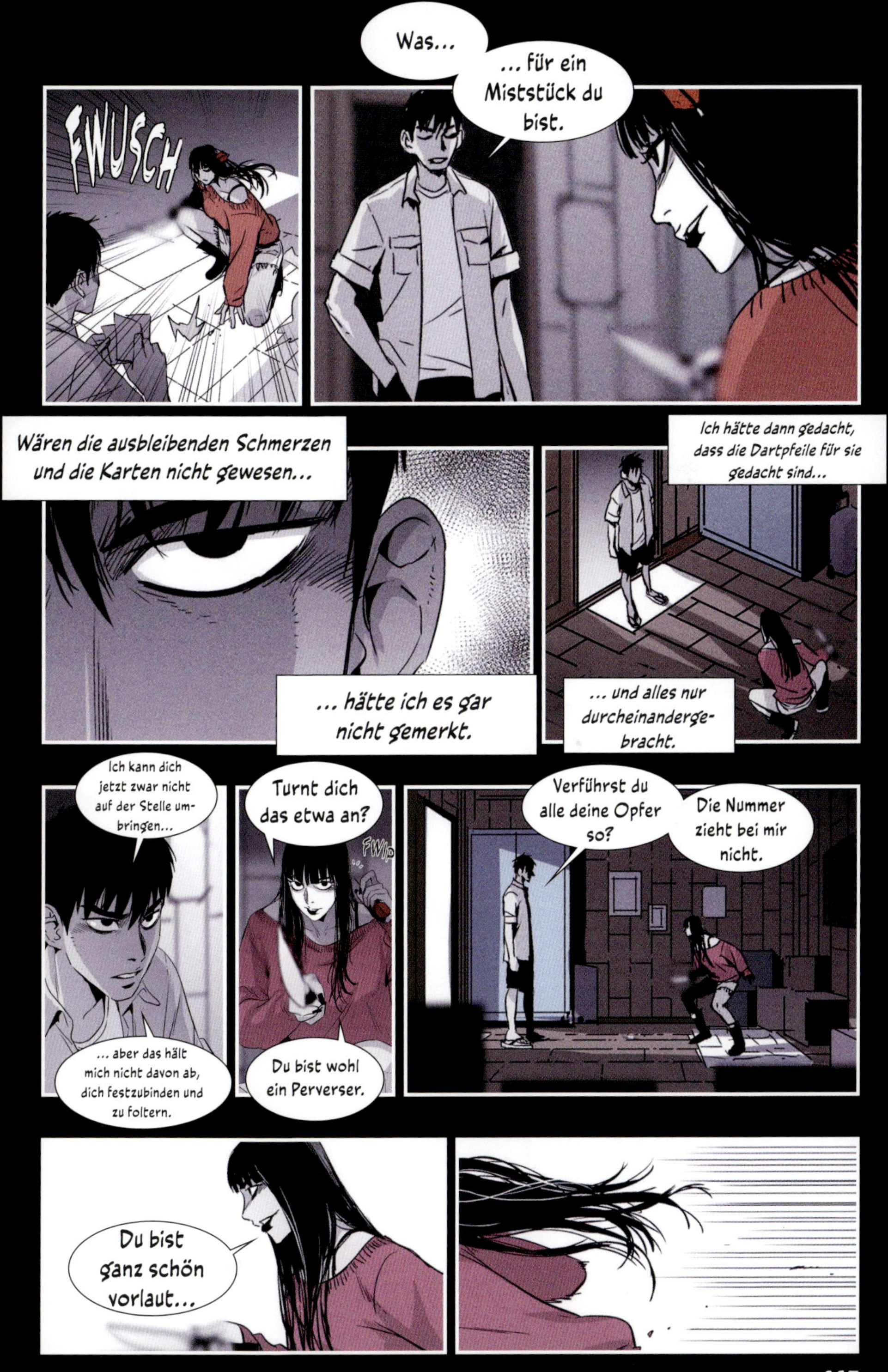
Was...
... für ein Miststück du bist.
FWUSCH
Wären die ausbleibenden Schmerzen und die Karten nicht gewesen...
... hätte ich es gar nicht gemerkt.
Ich hätte dann gedacht, dass die Dartpfeile für sie gedacht sind...
... und alles nur durcheinanderge-bracht.
Ich kann dich jetzt zwar nicht auf der Stelle um-bringen...
... aber das hält mich nicht davon ab, dich festzubinden und zu foltern.
Turnt dich das etwa an?
Du bist wohl ein Perverser.
Verführst du alle deine Opfer so?
Die Nummer zieht bei mir nicht.
Du bist ganz schön vorlaut...

... für jemanden...
... mit leeren Händen!
GWACK
Wieso denkst du...
... dass ich unbewaffnet bin?
PSSCH

Hiiieek!!
Aaaagh!!!
Wäääh!!!
Lass das!!!
Hiiiiieeeek!!!
WUSCH
WEDEL
WEDEL
GRP
Dank dir weiß ich jetzt zumindest...
PAT
... dass das hier für Yumi oder deine Mutter gedacht ist.
POCK
POCK

BZZZ
ROMM
BAMM
KLINK
KLINK
Was zum...?!
Du verfluchte Rotzgöre!
BAMM
BAMM
BAMM
Auch ich habe den Gestank...
... von Blut wahrgenommen.
Das ist die Rache für meinen Vater und für Minu.
BZZZ
BZZ
Aaaaaahh!!!

Kyaaah!!!
Nnnnngggh!!!
BZZZ
BZZ
BZZ
BZZZZ
Ich werde diese miese kleine...
... Göre zu Hackfleisch verarbeiten!!!

Mmpf!!!
GWACK
Uuaah!
!!!
Ganz schön athletisch.

Aber meinst du nicht…
… dass du dir die Beine brichst, wenn du von da oben runterfällst?
Und während du dein Bein umklammerst und vor Schmerzen winselst…
… muss ich nur dieses Gerät an deinen Kopf halten und… Peng!
Na, was meinst du?
Wie fühlt es sich an, wenn der eigene Tod…
… in der Hand eines kleinen Mädchens liegt?
Macht dich das…
… nicht ein bisschen an?
Du Luder!!!
Hör auf, mich zu verarschen!!!
Ich bin gespannt, wie lange deine Arme…

… durchhalten werden. ♡
BLINK
Nnngh…
Verdammt…
So eine Scheiße…
Meine Kräfte lassen schon nach!

Nein, nicht!!!
Lass das! Verschwindeeeee!!!
Pahahahahahahaha!!!
Gyaahahahaha!!!
KABOOM
Ugh...
!!!

SSSCH
Tae...hui?
PIKS

Aaa-
arrrrrgh!!!
FWUMMM
RUUUUMMMS
Wäääähh!!!

Hah... Haah...
Hah...
Hahh...
Hah...
Hey! Läufst du immer mit den Klamotten anderer Leute herum? Was sind das denn für Manieren?
Uugh...
Wie...
... kann es sein, dass du noch am Leben bist?
So unsterblich wie die...
GROMP
... bin ich noch lange nicht.
Weil ich eben aus besonderem Holz geschnitzt bin.
Aber keine Sorge.

Onkelchen...
Was sollte das gerade?
TAPP
Hast du etwa den Verstand verloren?
Wieso hilfst du mir?
Was soll das plötzlich?
Nachdem ich wieder zu Bewusst-sein kam...
... fand ich die Mutter gefesselt im Keller vor.
GRP
!
Und den Besitzer und seinen Sohn...
... habe ich tot auf-gefunden.
Du bist der Erste...
... der es so weit ge-bracht hat.

So weit gebracht?
Wovon sprichst du?
Ich war schon kurz davor, komplett aufzugeben...
... aber du...
... könntest es vielleicht schaffen.
Schaffen?
Was denn?
Na, was wohl?
Endlich...
... von dieser Insel wegzukommen.

Schaffen?
Was denn?
Na, was wohl?
Endlich...
SSSCH
SSCHWA
... von dieser Insel weg-zukommen.
...
Ich habe einige Fragen an dich...
... aber als Erstes...
... sollten wir uns dieser Göre entledigen.
TAPP
TAPP

Wie willst du das angehen?
...
Schieß erst mal auf sie.
KABOOM
TZZZ
Onkelchen?
Was ist nur in dich gefahren?!
FUMM
SSSSCH

So eine Scheiße!
Schieß noch einmal!
KABOOM!

KATSCHING
Die Wahrscheinlichkeit, dass ich die miese Göre mit dem Dartpfeil erledigen kann...
POCK
... liegt bei fünfzig Prozent.

Aargh!!!

WHACK
SSCHWA
Hah...
Hah...
TAUMEL
TAUMEL

Es waren also...
die Dartpfeile.
Das Glück
war wohl auf mei-
ner Seite.
Hey, guck
mal...
Dein Bein
blutet...
Aaarrgh!!!
ZUCK
!

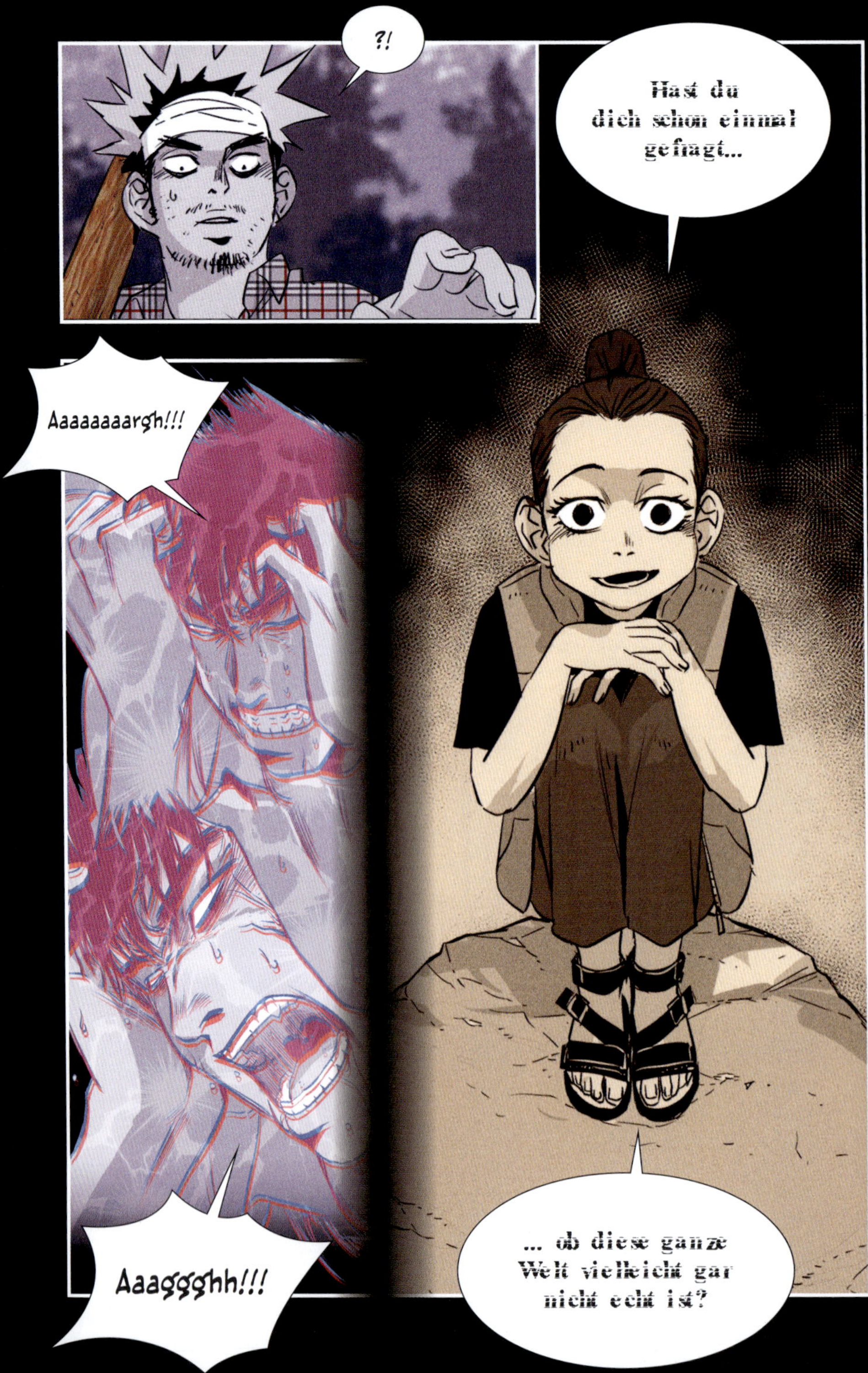

?!
Hast du dich schon einmal gefragt...
Aaaaaaaargh!!!
Aaaggghh!!!
... ob diese ganze Welt vielleicht gar nicht echt ist?

Vielleicht werden wir von jemandem beobachtet und kontrolliert.
Was, wenn das Auge des Hirschkopfes im Wohnzimmer...
... in Wirklichkeit eine Überwachungskamera ist?
Oder was wäre, wenn der Vogel dort...
... gar kein Vogel ist?
Hast du schon einmal...
... vom »Big Brother« gehört?
Na?
Du fragst, wer so etwas tun würde?
Yumi, hör auf, ihm Angst zu machen.
Da ich »Dark City« und »Matrix« gesehen habe...
... hinterfrage ich in letzter Zeit die Echtheit der Welt, in der wir leben.
Jinhyeok, hör einfach nicht hin. Sie redet nur Blödsinn.
Paahh! Halt du dich da raus!
Was soll's.

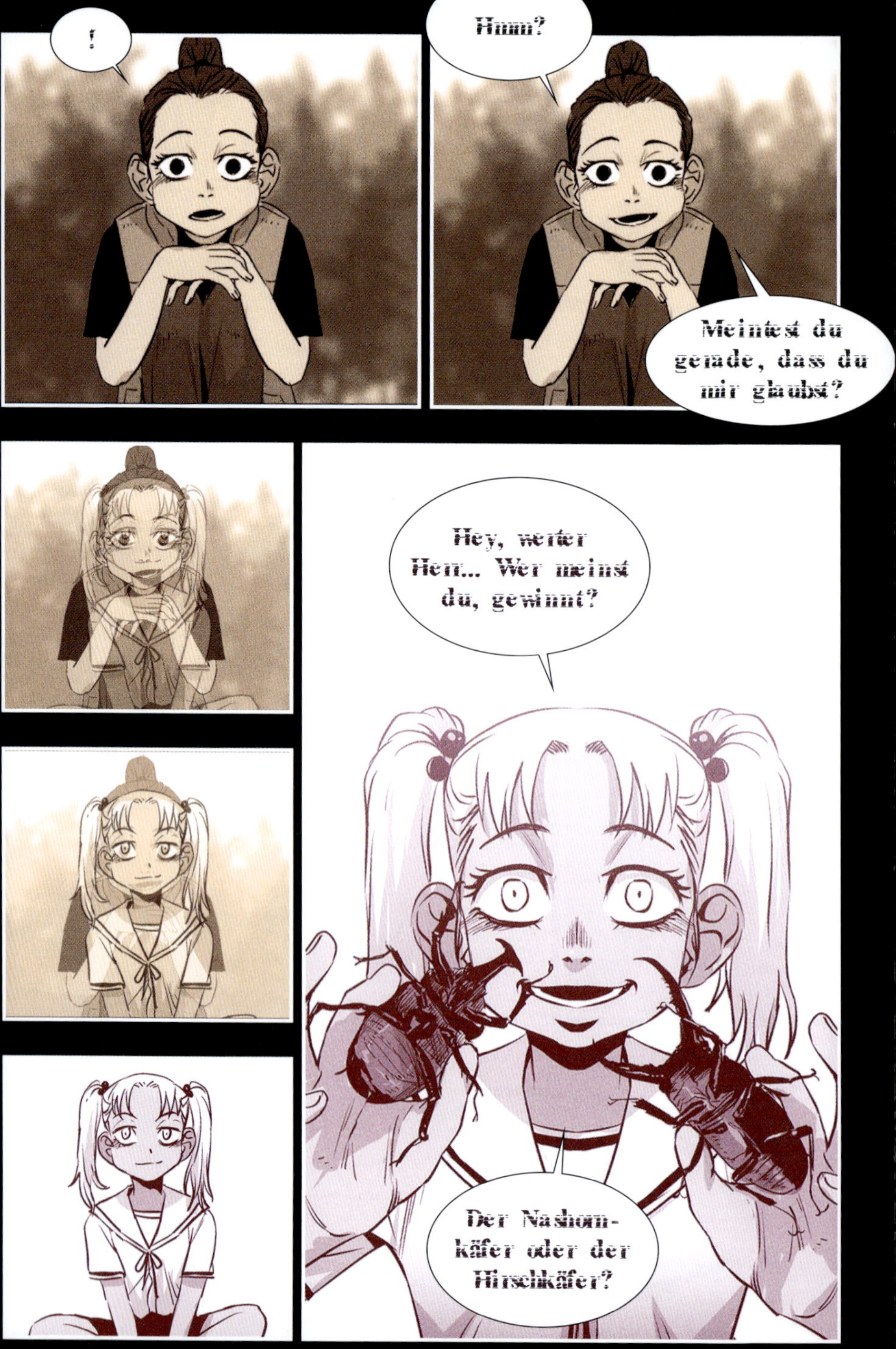
!
Hmm?
Meintest du gerade, dass du mir glaubst?
Hey, werter Herr... Wer meinst du, gewinnt?
Der Nashorn-käfer oder der Hirschkäfer?

Keine
Ahnung...
... aber lass
es uns heraus-
finden.
HAH
HAH
HAH
Was denn? Erinnerst du dich gerade an etwas?
HAH
HAH
HAH
Wieso?
Ich weiß nicht, aber...
Warum schmerzt mein Herz so sehr?

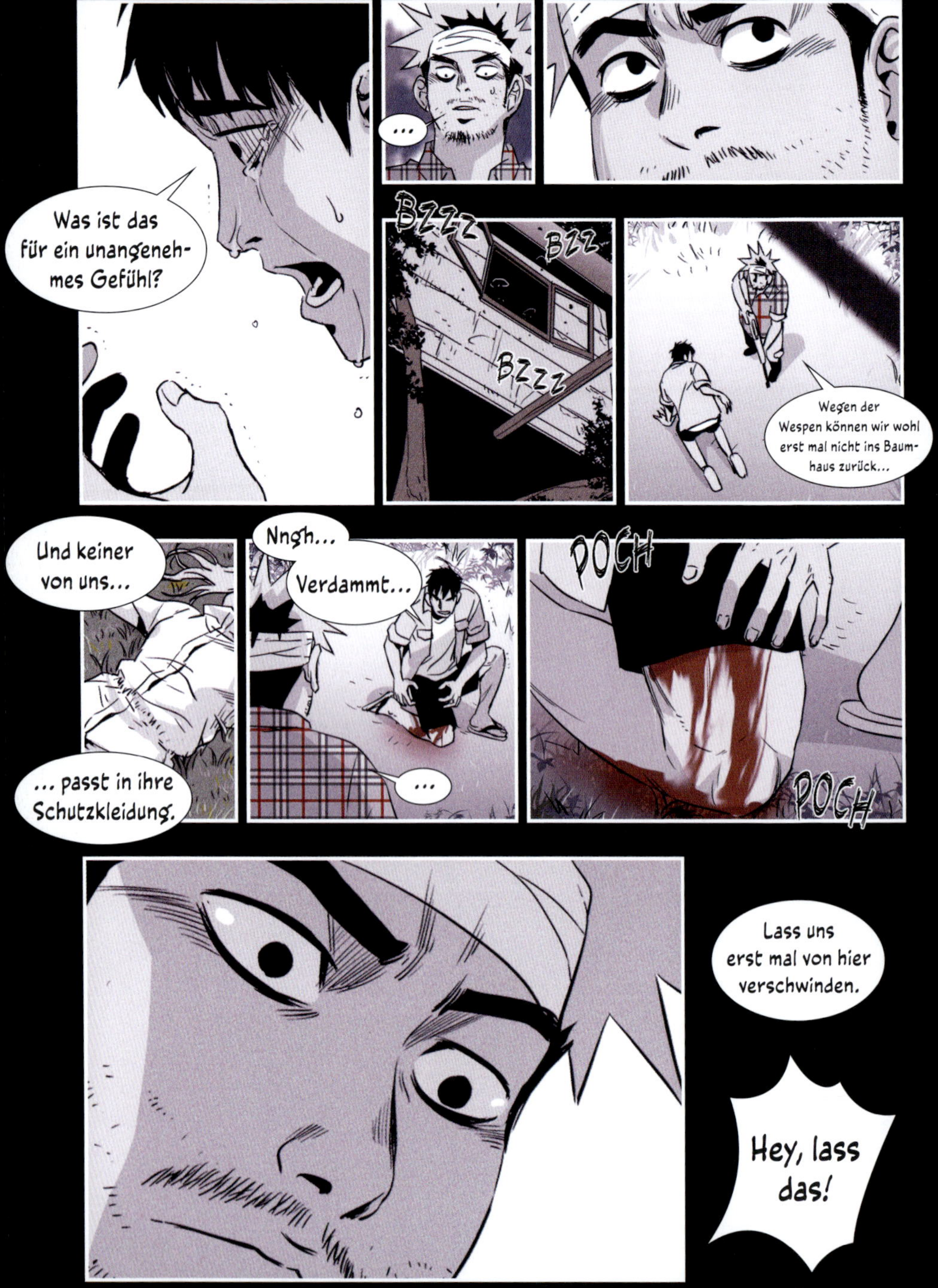

Was ist das für ein unangenehmes Gefühl?
...
BZZZ
BZZ
BZZZ
Wegen der Wespen können wir wohl erst mal nicht ins Baumhaus zurück...
Und keiner von uns...
... passt in ihre Schutzkleidung.
Nngh...
Verdammt...
...
POCH
POCH
Lass uns erst mal von hier verschwinden.
Hey, lass das!

Ich mache das schon!
KLATSCH
Du hast mir zwar einmal geholfen...
... aber spiel dich deshalb jetzt nicht als mein Freund auf.
ZIPP
Wie verlet- zend...
ZIPP
SST
...
Sag mir, was du hier siehst.
Na?
Vielleicht kann ich dir dann vertrauen.

Ich sehe sie.
Was genau?
Na, sie alle.
Die Leiche des Besitzers und die seines Sohnes...
... und die von Yumi.
Ha... Haha...
Hahaha...
Doch...
... das bist du.
Hahahaha!!! Das kannst du echt sehen?!
Hahahaha! Dann... bin ich doch nicht komplett irre geworden!!!
Diese verdammten Wichser!
Weil du die Leute auf dem Gewissen hast.
!!!

...
Du hast das Biest doch selbst mit dem Gewehr durchgepustet.
Das war was anderes.
Wieso sollte das anders sein?!
Weil ich nicht so ein Psycho bin wie du.
Du warst es doch, der mich beobachtet hat! In deinem beschissenen Keller!
Wolltest du diesen Zombie-Spinnern damit etwa in den Arsch kriechen?
Hast du das gemacht, um dein erbärmliches Leben zu retten?!

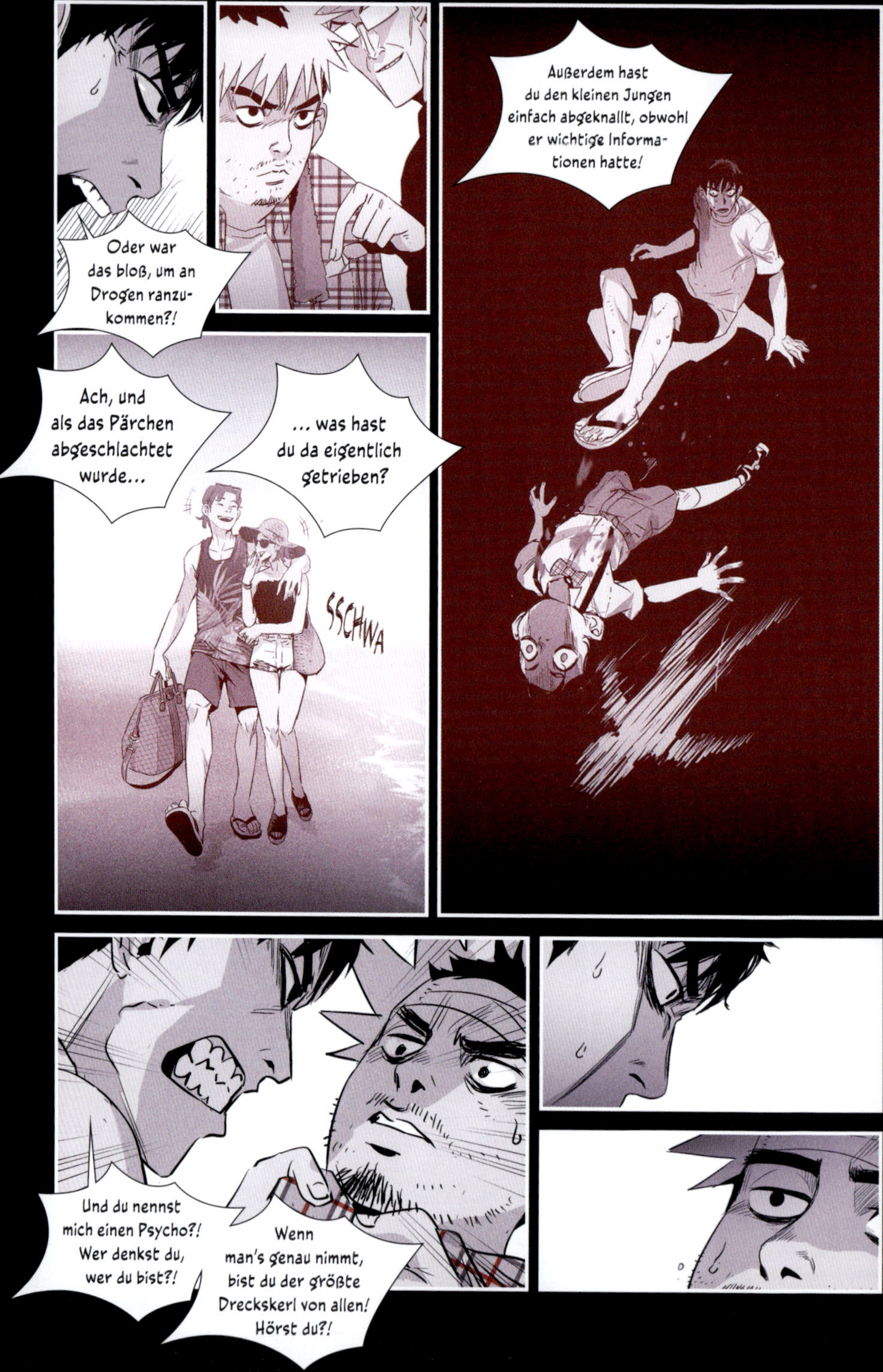
Oder war das bloß, um an Drogen ranzukommen?!
Außerdem hast du den kleinen Jungen einfach abgeknallt, obwohl er wichtige Informationen hatte!
Ach, und als das Pärchen abgeschlachtet wurde…
… was hast du da eigentlich getrieben?
SSCHWA
Und du nennst mich einen Psycho?! Wer denkst du, wer du bist?!
Wenn man's genau nimmt, bist du der größte Dreckskerl von allen! Hörst du?!

Du hast es mir doch gesagt...
Dass ich mich nützlich machen soll.
Ja, das habe ich.
Ich habe gedacht, dass ich mich einschleimen soll, um zu überleben...
Aber wenn ich noch mal darüber nachdenke...
... wird mir klar, dass du etwas anderes gemeint hast.
Du hast von Anfang an gewusst...
... wer ich bin.
PRESS
DRÜCK
Aargh...
Du beschissener Junkie!
Misch dich da nicht ein...
... Jinhyeok!

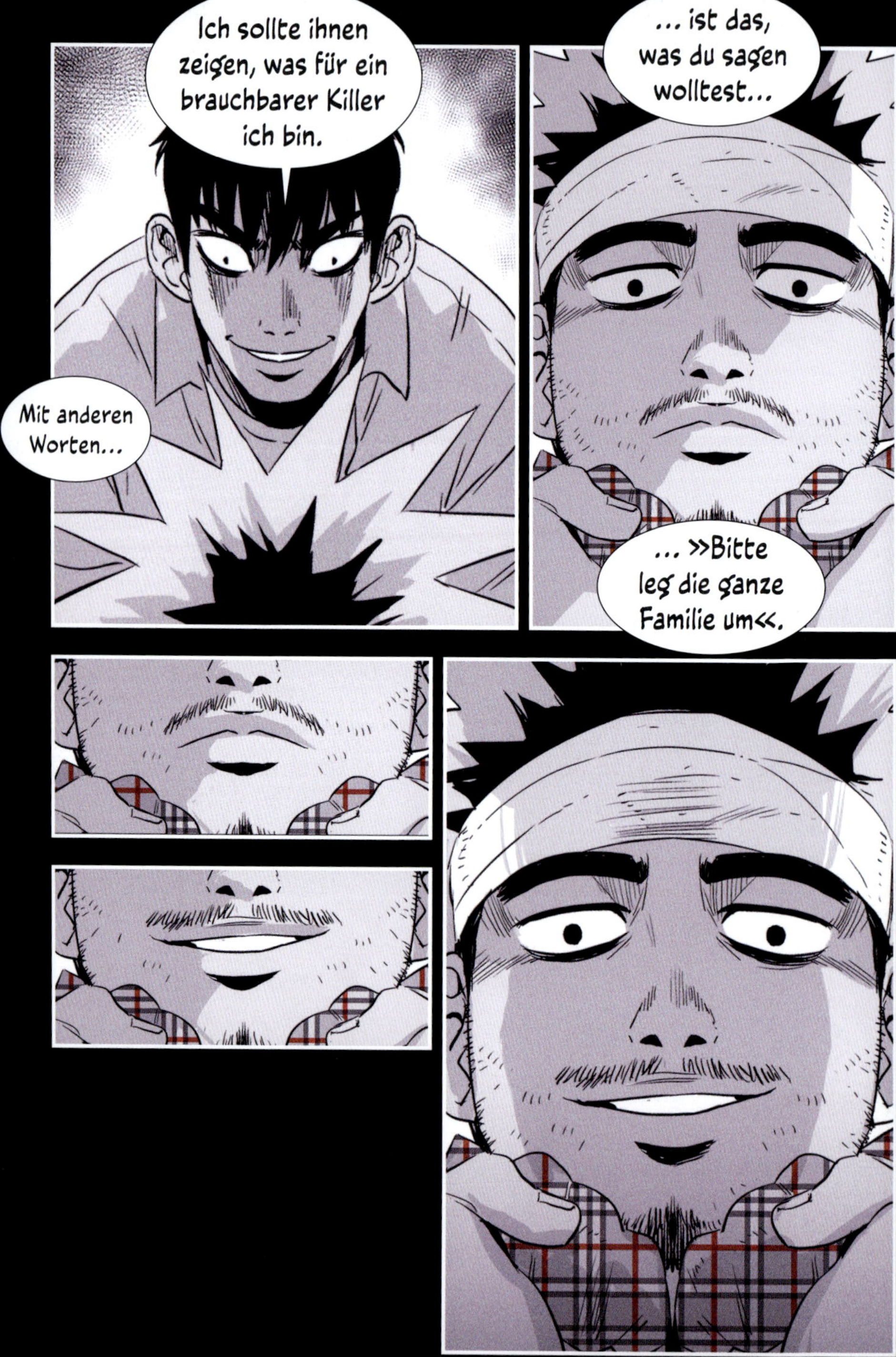
Ich sollte ihnen zeigen, was für ein brauchbarer Killer ich bin.
Mit anderen Worten...
... ist das, was du sagen wolltest...
... »Bitte leg die ganze Familie um«.

PIGPEN

RYOUSUKE TOMOE

MUSEUM

THE SERIAL KILLER IS LAUGHING IN THE RAIN

IMMER WENN ES REGNET...

Hisashi Sawamura, erfolgreicher Inspektor und Familienvater, ermittelt in einer verstörenden Mordreihe. Der Täter geht dabei äußerst brutal und berechnend vor, so als verfolge er ein weitaus größeres Ziel, als seine Opfer nach ihren vermeintlichen Sünden zu foltern und zu töten. Der Froschmann schlägt in regnerischen Nächten zu und hinterlässt an jedem Tatort eine kleine Botschaft. Der Beginn eines trickreichen Katz-und-Maus-Spiels, an dessen Ende Inspektor Sawamura nicht nur um sein eigenes Leben fürchten muss... Verstörend, erbarmungslos und spannend bis zur letzten Seite!

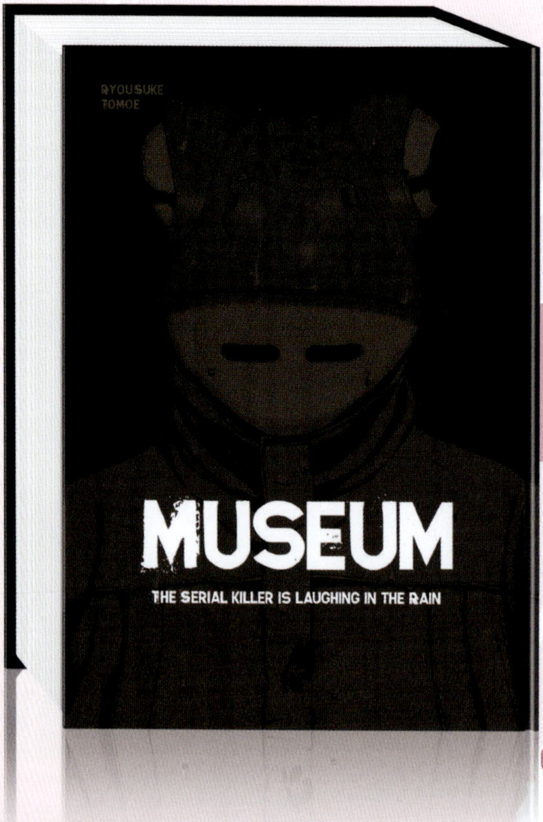

© Ryousuke Tomoe / Kodansha Ltd.

Hochwertige Hardcoverausgabe auf über 700 Seiten

Thriller • ab 16 Jahren
Hardcover • schwarz-weiß/farbig
ca. 704 Seiten • 14,8 x 21,5 cm

HAYABUSA
www.hayabusa-manga.de

hayabusa_manga carlsen_hotpot

EIJI OTSUKA / SHO-U TAJIMA

MPD PSYCHO サイコ

DER KULTIGE PSYCHOTHRILLER ERSTMALS AUF DEUTSCH!

Yosuke Kobayashi ermittelt in einer bizarren Mordserie. Der junge Detektiv wird im Laufe der Ermittlungen persönlich in den Fall involviert und entwickelt aufgrund der dramatischen Ereignisse eine dissoziative Identitätsstörung. Die Jagd nach dem Serienkiller endet in einer Katastrophe. Yosuke wird wegen Mordes verurteilt und landet im Gefängnis, steht der Mordkommission aber weiterhin als Profiler zur Verfügung. Zu Recht, denn es gibt viel zu tun – überall in der Stadt tauchen äußert kreative und brutale Serienmörder auf. Die Vorgehensweise und Fetische der Killer könnten nicht unterschiedlicher sein und doch weisen alle eine Gemeinsamkeit auf: einen mysteriösen Strichcode im linken Auge...

MPD-PSYCHO © OTSUKA EIJI JIMUSYO, SHO-U TAJIMA 1997 / KADOKAWA CORPORATION

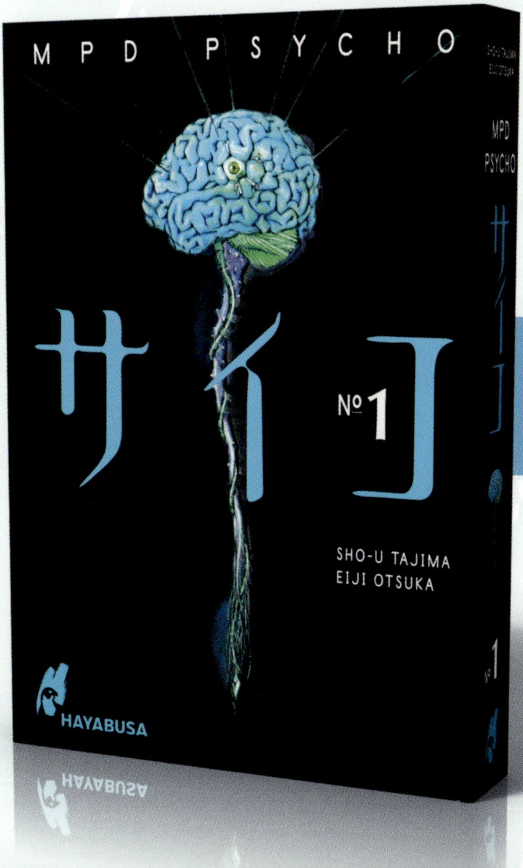

Thriller • ab 18 Jahren
Paperback • schwarz-weiß/farbig
ca. 368 Seiten • 14,5 x 21 cm

HAYABUSA
www.hayabusa-manga.de

hayabusa_manga   HayabusaTweets

SHAROH HANTEN

TEACH ME HOW TO KILL YOU

SERIENKILLER WILL GELERNT SEIN!

Rikos Eltern wurden ermordet, und sie hat geschworen, den Killer zu töten. Als sie herausfindet, dass ihr Lehrer ein Serienkiller ist (der andere Serienkiller tötet), lässt sie sich von ihm »ausbilden«. Doch bis Riko ihre langersehnte Rache bekommt, gilt es eine ganze Menge ausgebuffter Serienmörder aus dem Weg zu räumen, und dafür muss die zierliche Riko tief in eine bizarre Welt voller Gewalt eintauchen. Eine Welt, in der das ungleiche Killer-Pärchen eine sensible und überaus komplexe Beziehung zueinander aufbaut.

SENSEI NO YASASHII KOROSHIKATA © Sharoh Hanten / SQUARE ENIX

Thriller • ab 16 Jahren
Großtaschenbuch • schwarz-weiß/farbig
ca. 226 Seiten • 12,5 x 18 cm

HAYABUSA
www.hayabusa-manga.de

hayabusa_manga HayabusaTweets

TOMOMI

AUGUST 9TH, I WILL BE EATEN BY YOU

DAS GROSSE FRESSEN BEGINNT!

Liebe geht bekanntlich durch den Magen. Was wäre aber, wenn deine Verehrerinnen so sehr für dich schwärmen, dass sie dich fressen wollen? So geht es Aoi Sakurai, einem ganz normalen Schüler mit einem gänzlich unnormalen Geheimnis. Seit Jahren wird Aoi von Stalkerinnen geplagt, bis sich eines Tages seine Mitschülerin und Stalkerin Ueda in ein entsetzliches Monster verwandelt und ihn zu verschlingen droht. Miyako, die Aoi ebenfalls stalkt, rettet ihm auf spektakuläre Art das Leben und offenbart ihm, dass seine liebestollen Verfolgerinnen in Wirklichkeit »Yokais« sind, Horrorwesen aus den japanischen Legenden, allesamt auf der Suche nach seiner Liebe...

HACHIGATSU KOKONOKA BOKU WA KIMI NI KUWARERU © 2020 TOMOMI / TAKESHOBO

Horror • ab 16 Jahren
Paperback • schwarz-weiß
ca. 160 Seiten • 12,5 x 18 cm

HAYABUSA
www.hayabusa-manga.de

hayabusa_manga HayabusaTweets

DIE GESELLSCHAFT DER TIERE

TAKUYA OKADA

WILLKOMMEN AUF DER MENSCHENFARM!

Nach einem Autounfall finden sich ein Vater und seine Tochter inmitten einer ungewöhnlichen Dorfgemeinschaft wieder. Die Dorfbewohner sind allesamt Tiermenschen – halb Tier, halb Mensch. Die anfängliche Gastfreundschaft schlägt plötzlich in brutale Gewalt um, denn für die Tiermenschen sind die menschlichen Neuankömmlinge nichts anderes als Frischfleisch!

DOUBUTSU NINGEN © Takuya Okada 2023 / HAKUSENSHA Inc., Tokyo

Blutig, schockierend und zutiefst menschlich

Horror • ab 18 Jahren
Softcover • schwarz-weiß/farbig
ca. 208 Seiten • 14,5 x 21 cm

HAYABUSA
www.hayabusa-manga.de

hayabusa_manga carlsen_hotpot

SHIN'ICHI SAKAMOTO

#DRCL
midnight children

DER BLUTIGSTE ALLER KLASSIKER

Wer kennt ihn nicht? Bram Stokers Dracula, die Urform der blutsaugenden Horrorgestalt schlechthin. Manga-Zeichner Shinichi Sakamoto hat sich des Stoffs angenommen und ihn neu interpretiert – und das Ganze in einem Artwork, das seinesgleichen sucht.

Wir erleben die Story aus der Sicht der Mädchen Mina und Lucy, als der furchterregende Graf Dracula seine Heimat Transsilvanien verlässt, um London heimzusuchen...

Verborgene Gefahren und dunkle Geheimnisse im blutigsten aller Klassiker!

Horror • ab 16 Jahren
Softcover • schwarz-weiß/farbig
ca. 246 Seiten • 14,5 x 21 cm

HAYABUSA
www.hayabusa-manga.de

hayabusa_manga carlsen_hotpot

#DRCL MIDNIGHT CHILDREN © 2022 by Shin-ichi Sakamoto / SHUEISHA Inc.

JUNJI ITO

NO LONGER HUMAN – DER ENTFREMDETE MENSCH

DER AUTOBIOGRAFISCH GEFÄRBTE ROMAN »GEZEICHNET« VON OSAMU DAZAI gehört in Japan zu den am häufigsten interpretierten Texten. Das Werk wird sowohl in seiner Erzählstruktur, in der Autor und fiktiver Protagonist gleichgestellt sind, als auch im Wirklichkeitsanspruch mit paralleler Abstraktion oft mit Goethes »Die Leiden des jungen Werther« verglichen. Geprägt von Angstzuständen, Süchten und Suizidversuchen taumelt das Alter Ego Dazais durch die ihm eigene Hölle. Junji Ito adaptiert den Leidensweg des Protagonisten mit subtilem Horror und bebildert die lebenslange Besessenheit eines von sich selbst und der Gesellschaft entfremdeten Menschen in wahnwitzigen Albträumen.

© 2017 Junji ITO / SHOGAKUKAN

Special • ab 18 Jahren
Hardcover • schwarz-weiß/farbig
624 Seiten • 14,5 × 21 cm

CARLSEN MANGA!

WWW.CARLSENMANGA.DE

carlsen_manga | carlsen_hotpot

MORTALIS
Dominik Jell
BLUTIGER PSYCHOTHRILLER MIT GÄNSEHAUTGARANTIE!
MORTALIS
Dominik Jell
CARLSEN MANGA!
Für Fans von Junji Ito!
Mit großartigen Farbillustrationen, einem doppelseitigen Poster und coolem Shikishi!
Empfohlen ab 18 Jahren
MORTALIS © Dominik Jell 2022 / Carlsen Verlag GmbH
CARLSEN MANGA!
www.carlsenmanga.de
carlsen_manga
carlsenmanga

PIGPEN

C Lines
2025 Carlsen Verlag GmbH · Völckersstraße 14–20 · 22765 Hamburg
Aus dem Koreanischen von Vivien Neumann
PIGPEN
© SICK, Kim Carnby / Naver Webtoon
All rights reserved.
German edition published by arrangement with NAVER WEBTOON through RIVERSE Inc.
Covergestaltung: designomicon – Anke Koopmann
Redaktion: Julia Liebetraut
Produktionsmanagement: Lena Voigt
Alle deutschen Rechte vorbehalten.
Wir behalten uns die Nutzung unserer Inhalte für Text und Data Mining im Sinne von § 44b UrhG ausdrücklich vor.
ISBN: 978-3-551-63102-2

carlsen.de/webtoons
carlsen.lnk.to/CarlsenSocialMedia
hayabusa_manga
carlsen_manga
carlsen_hotpot

SICK (ART): bomb_sick
CARNBY KIM (STORY): carnbykim

PRODUZIERT MIT VERANTWORTUNG

MIX
Papier | Fördert gute Waldnutzung
FSC
www.fsc.org
FSC® C002795

Mit Fragen zur Produktsicherheit wenden Sie sich bitte an: carlsen.de/kontakt